縛靈

笭菁——著

CONTENTS

開端

夕陽斜照，霞光燦燦，女孩拎著抹布從容走進宿舍的浴室裡，扭開水龍頭，一如往常的將髒汙的抹布洗乾淨。

今天是開學前一天，有些人早先就回到宿舍整理，她也是其中一名。

宿舍一館的浴室相當陳舊，磁磚泛黃斑駁、設備也不先進，門板稍嫌舊了點，聽說是最早期興蓋的宿舍，看起來倒頗有歷史。

噹——噹——噹——噹——噹——噹——

不遠處鐘聲響了，那是學校附近的黃帝神宮，人人都知道，那是間陰廟，上午六點跟下午六點，各會敲一次鐘。

喀啦……喀啦喀啦……

一陣風不知道從哪裡刮了進來，讓身後洗澡間的木板喀啦作響。

女孩突地感覺一陣涼從腳底竄上背脊，雞皮疙瘩莫名其妙的冒出手臂。

她感覺不大舒服，努力洗搓著抹布，卻不敢抬頭；因為一抬頭就是一整面長長的鏡子，可以照映整間浴室……而她覺得自己身後有人。

問題是，現在浴室裡好像應該只有她一個人……

「同學……」驀地，聲音從她耳邊響起。

「哇呀！」女孩嚇得跳了起來，猛然抬首就對上鏡子。

鏡子裡映著她驚慌恐懼的神色，還有她身後一個長頭髮，長相清秀的女孩，她穿著鮮豔的紅色洋裝，對著她微笑。

「嗨……嗨……」女孩稍稍放了心，「妳嚇死我了！」

奇怪？有人走進來，她怎麼一點聲響也沒聽見？

「同學……請問妳是……」鏡子裡的紅衣女孩往右方那個門口看，「1501 室的嗎？」

「咦？不是啦！」女孩笑了笑，關上水龍頭，低首用力把抹布擰乾，「我是 1500，1501 好像一個人都還沒有來……」

「喔……」她的耳邊，傳來紅衣女孩淡淡的嘆息聲。

女孩將擰乾的抹布放到洗手台上的盆子，好整以暇的轉過身去。

「妳找 150……」

女孩的聲音陡然停止。

因為她的身後，沒有人。

她全身僵直著顫抖，眼珠子緩緩的掃了一遍視線範圍，根本沒有剛剛那位紅衣女孩……

「謝謝。」紅衣女孩的聲音，竟然從她右方的鏡子裡響起。

女孩瞪大了眼睛，連回首看鏡子都不敢，抓過盆子，拚了命的衝了出去。

浴室裡再度空無一人，莫名的風刮了起來，鏡子裡依舊映著那個紅衣的清秀女子，她冷冷的往外頭望去，像是在等待著誰一樣。

然後她走向第一間洗澡間，優雅的步入，關上了門。

第一章・1501房

我站在宿舍門口，一顆心雀躍不已！新學期開始，好不容易抽到宿舍的我格外興奮，託學長幫我載行李，飛快殺進了學校宿舍。

這所淡水山上的大學風光明媚，雖說在外租屋並不貴，但因為私立大學學費高，總希望能多少幫家裡省點錢，住宿舍是最划得來的！只可惜學校女生宿舍房數有限，僧多粥少，我連抽了兩年都沒抽中！

升上大三這一年，我終於出運啦！

抱著一落紙箱，按著抽中的房間號碼，開始努力搜尋。

我抽到 15014 這個號碼，第一個一是一館，第二個五是五樓，然後我住的是一號房，最後那個四，代表的是床位！

幫忙搬家的學長從剛才就開始唸，誰叫我抽到了宿舍中最爛的館，樓層又不低！這也沒辦法，二館跟三館全是新建的，而我抽中的一館，偏偏就是日據時代落成的。

學校依山建築，因此我們學校每一棟樓的「一樓」根本就是地下室！而我們堂而皇之走進去的平地，其實都是二樓或三樓，美其名是五樓，其實也不必爬幾階。

我們從最前方的樓梯往樓上爬，走進二館五樓的走廊裡，要到三館，必須得先穿過二館的走廊，而盡頭便緊鄰著宿舍一館了。

因為建立的年代不同，學校在興建新宿舍時，還是很貼心的打通相接的走廊，讓每一棟宿舍都能相連；而一館的地勢較高，在相連處多了三階小階梯。

五樓已接近宿舍頂樓，通風良好，日照充足，高是高了點，不過爬久了總會習慣，還可以健身呢！

途中經過二館的浴室，感覺乾淨整齊，宿舍生活真讓人期待！

後頭突然一陣物品摔落聲，引起我的注意，回首一瞧，瞧見一個小個子的女孩，手中東西散了一地。

我趕緊回身跑向前，幫她拾起一地雜物。

「喂，我先拖這箱重死人的東西進妳寢室喔！」學長不耐煩的在前面喊著。

「好啦！1501喔！」我拔高了音調。

我跟女孩在二館的浴室前撿東西，女孩顯得有點緊張且手忙腳亂。

「我……我也住1501耶！」女孩小聲的說了。

「咦？真的嗎？那我們以後就是室友囉！好巧！我三年級，叫陳小美！妳呢？」

「我二年級……學姊好！」女孩瞇起眼笑了，有對可愛的酒窩。「我叫……郭怡珍，大家都叫我小珍。」

「好！小珍！我們快走吧！」我踩上小階梯，「耶，登陸一館！」

我開心的站在一館跟二館的交界處，緊鄰著我右方的就是一館出入的樓梯之一，一館感覺是舊了一點，不過對我來說，只要能睡都是一樣的。

才走兩步，卻發現身後沒了聲響，我狐疑的回首，往小珍那兒看去。

小珍站在階梯下頭，手上緊抱著紙箱，微顫著身子。

我看著她，卻很難形容她那詭異的神情。

她緊皺著眉頭，雙唇用力閉著，用一種很凝重的神情，看向我……或是說我的上方。

她的眼神看向我面前這個空間吧？那神情複雜得很，事後回想起來，那是屬於嚴肅、凝重，還帶著恐懼的神情。

彷彿有什麼東西籠罩著我四周的空間。

「小珍？妳怎麼了？」我還三步併兩步的跑下去，拉住她的手。

小珍顫了一下身子，像是被驚嚇到一般，那迅速蒼白的神色也嚇到我了！

然後她認真的重新往一館的方向看去，這一次卻帶著略微放鬆的神情，緊接著轉過來認真的打量我。

「幹、幹嘛……」我怎麼忽然覺得小珍怪裡怪氣的？

「沒什麼……」小珍在那一連串怪異的動作之後，臉色顯得更難看了。

這情況我也沒想太多，繼續我興奮的情緒，正式踏入一館。

小珍緊緊挨著我，不多往前一步，也不後退一步，我只顧著跟她聊天，一邊找著一號房到底在哪裡。

這時從前方左側走出一個非常時髦的女人，穿著細肩帶及迷你裙，頸子上掛了一條別致的十字架項鍊，婀娜的從我們身邊掠過；看起來像是大四的學姊呢……我看著她走出來的房門……1501……

我找到一號房了！

那是間地理位置好得不得了的房間呢！

站在一號房的門口，左斜前方就是一館浴室的大門，而正前方是L型的另一端走廊，最讚的是，另一個出入口樓梯就在右前方！

太帥了！這地理位置太讚了！樓梯、浴室全部近在咫尺，甚至連飲水機也在眼前呢！

衝著這完美的地理環境，前兩年帶塞沒抽中我都認了！

學長走了出來，卻緊蹙眉心，往浴室那兒猛瞧，不知道在看些什麼；而我拉過小珍做個介紹，學長也心不在焉，而小珍更像逃難似的溜進房間裡。

說到房間……老實說我有點小小的失望，因為房間很小……非常小！

首先是四個單門超小衣櫃，兩兩成對的面對面靠著；緊連著衣櫃就是上下鋪的兩張床相對，接著就是房間底端，一樣兩兩相對的書桌。

房間裡的東西都是兩個一邊，從衣櫃到書桌，構成了房裡唯一的中間走道……只有我一個人的寬度。

這是摸乳巷嗎？怎麼這麼窄！

「我幫妳看過了，妳是四號床，睡在下鋪。」學長指了指跟門一直線的床，下鋪顯得有點陰暗。「下鋪空氣不流通，我記得妳鼻子不好對吧？同學！妳可不可以跟她換床位？」學長自然的問向一個短髮的女孩子。

咦咦？我什麼時候鼻子不好了？我從小到大都很勇健啊！學長為什麼要這麼說？而且在捏我一把之際，還非常自然的跟三號床的新室友商量起來。

不知道是室友真的沒關係，還是因為學長具有一點點姿色，她答應得相當乾脆。

被捏得很疼，我莫名其妙的把東西隨便扔下，然後就得送客了。

「我哪有鼻子不好！」一到門外，我咕噥著說。

「叫妳睡上面就睡上面！」學長一路把我拉到樓梯口，剛好面對著廁所的側邊白牆，「陰氣重會往下沉，妳睡上面就是了。」

「英氣？」我眨了眨眼，「我又沒在演花木蘭。」

「真受不了妳！」學長用力戳了我額頭一下，「妳聽好，晚上沒事別進廁所！真的要去，去二館上！」

「嗄？先生，請說地球話！這間廁所近在眼前，你要我走一分鐘去二館？」

「對！可以的話，最好不要踏進這間廁所！」我以為學長在開玩笑，怎知他卻正經八百的再重申一次。

「學長……別嚇我啊！我天生膽子小喔……」

「妳少來，我懷疑妳出生時把膽留在妳媽肚子裡了！就是這樣我才擔心！」學長再度抬首，像是迎視著浴室的白牆一樣，「聽我的話，別去！」

我一聽他說擔心我，心裡頭暖孜孜的，誰叫我暗戀這個學長兩年了！只不過他現在跟我的直屬學姊交往中，我只有單戀的份！

「你說出個讓我能信服的原因吧？」

「……」學長很認真的看向我，「妳記得我家做什麼的嗎？」

我吐了吐舌，我管學長家是做什麼……咦？記得學長家好像跟廟有關，還聽說學長看得見一些有的沒的……更聽說沒有人喜歡找他去夜遊，是因為他一路上會提醒你關於……

什麼那棵樹下有人在招手、往左騎一點免得二度輾過人家、不然就在擎天崗上叫大家往旁邊移一點，因為大家身邊有另一團「沒人看見的」在夜遊……

我緩緩的往那面白牆看去，那學長死盯著浴室看是……難道那邊有……

「我才不信你那套！」我甩了甩頭，「你可以滾了！晚上七點別忘了我要請你吃飯！」

「妳要聽進去！不要以為妳陽氣重就可以亂來！」學長夾住我的頸子，鬧了起來，「裡面那個可不好惹啊！」

什麼裡面那個外面這個！我隨口應著，我就是不相信那個啦！

平生不做虧心事，夜半不怕鬼敲門啦！真的有人敲門，我會告訴她她按錯門鈴了！

學長又囉唆了兩句才走，我站在樓梯口看著他消失在轉角，天知道我有多甜蜜！學長不但幫我搬行李、還說他擔心我，不管他是不是客套話，這些都能讓我高興到睡不著覺！

今天真是美好不過的一天！YA！

我哼著歌用力一回身，卻見到房門口一張青色的臉龐。

小珍站在房門口，也剛好是L型走廊的路衝，那雙不算大的眼睛用力撐開，瞪著宿舍左前方的浴室門口；她的全身僵硬，兩隻手緊握著的拳頭擱在胸前，比剛剛的表情還可怕。

「喂！」我走到小珍身邊，用食指戳了戳她，「妳在幹嘛？瞪誰啊？」

我邊說，邊回頭往同一個方向看去。

這不看還好，一看我不得不發出淒厲的尖叫……

「天哪哪……這是什麼差別待遇！」我立刻把學長的話扔到九霄雲外，一腳踏進浴室，「為什麼光線這麼差、磁磚這麼破……天啊，連洗手台都破破爛爛的！為什麼二館的就那麼新！」

「因為……」小珍不知何時跟著走了進來，「這是日據時代建的嘛……」

好歹也翻修一下嘛！害我以為每一館浴室都一樣摩登說……

「學姊，我要上廁所……」小珍囁嚅的開口，「妳可不可以陪我……」

我狐疑的看向小珍，我實在搞不懂她在怕什麼！連上廁所都要人家陪嗎？

「站在門口可以嗎？」她拉開廁所的門。

「啊？」還要站在門口？要不要我乾脆吹個口哨助興好了，「好啦……」

不行，小珍看起來脆弱得很，我還是盡一下學姊之責，幫她一下好了。

我就真的站在小珍上廁所的門口等她，一邊打量著這間破舊但是寬敞的浴室。

簡單來說，這間浴室有三個走道；正對著我宿舍房門的入口處，就是第一個走道，是一整排的廁所；而再往前幾步，第二個走道區，雙邊全是浴室，一邊約有五間，所以有十間浴室面對面；再過去第三個走道，也是一排面對牆壁的廁所，那兒有另一個出入口。

由於浴室剛好在L型走廊的角落，所以勢必會開兩個出入口，讓兩邊走廊的同學方便進出。

小珍走了出來，到洗手台那兒洗手，洗手台與兩個門口一直線，一長面鏡子貼著牆，剛好連結兩個出入口。

這實在像極了報告班長裡的軍隊浴室，斑駁的鏡子、深凹的洗手台。

不過看著鏡子，就可以看到整間廁所與浴室的場景，我往鏡子看去，發現第二條走道尾端特別的亮，便好奇的走了過去。

走道底有扇紗門，我推開往外走，竟然是跟浴室一樣長度的陽台，裡頭還有洗衣機跟烘衣機呢！而且這通風的陽台上橫跨了許多竹竿，上頭可以曬衣服。

1501 的人……回來了嗎……

喀啦喀啦喀啦……後頭的門突然拚命作響，我沒當回事，但是小珍臉色卻越來越慘白，連忙拉著我回寢室。

回到房間裡，兩個室友都已經來了，一頭栗子色捲髮的女孩子叫 Kitty，另一個跟我換床的短髮女孩叫 Eva，兩個都是英文系的，而且還同班。

這間房除了我是企管系的外，全是外語學院的，因為小珍是日文系的呢！

只是我注意到英文系的學妹們交換著神色，用很奇怪的眼神瞄向站在書桌前整理東西的小珍。

沒有幾秒鐘，Kitty 甚至要求跟我換書桌的位置，她要跟 Eva 坐；我想這是理所當然，但還是感受到她們對小珍的排斥感。

大家很快的整理宿舍把東西拿出來，偶爾聊聊天，但她們依舊避開與小珍交談。

「拜託！學姊！她是傳說中的日文珍耶，連新生都知道！」趁著小珍出去擰抹布，Eva 皺起了眉，「日文的郭怡珍學姊不是嗎？」

那又怎樣？我倒不知道小珍這麼有名啊！

「學姊，她在外語學院可有名了！」Kitty 接了口，一臉神秘兮兮的樣子，「大家都說她陰陽怪氣的……她好像有陰陽眼，看得見一些有的沒的……」

兩個學妹開始吱吱喳喳的論起長短來了，據她們所說，小珍似乎看得見某些東西，還常常「沉思」，瞪著某些空白的地方看，看得人毛骨悚然。

我突然想起小珍剛剛好多次的「沉思」。

剛剛她站在一二館交界處時的眼神，越過了我，不知道在看些什……麼……

喲～我顫了下身子，怎麼聽著聽著也跟著毛起來了！誰叫小珍那雙眼睛盯著的是我的四周，好像我後面還是四周有些什麼似的！

我趕緊消消毒，我可不希望室友第一天就那麼僵，這樣以後相處多困難吶！只可惜兩個學妹聳了個肩，擺明不屑！

小珍洗個抹布彷彿洗到天荒地老似的，好不容易才回來，我隨口問她怎麼去那麼久，她也只是淡然一應，說她走到二館去洗抹布。

這讓我不禁狐疑起來，打開房門就是浴室，何須跑到二館去呢？

接著我們又聊起天來，我提起從剛剛我們房間走出的美女，結果竟然是 Kitty 她們的模特兒學姊，又是英語系之花，最巧的是，去年還住在這兒呢！

我開箱把被子拿出來，打算先爬上去鋪床，而小珍此時劃開紙箱，準備把衣服放進衣櫃裡。

結果等我把床鋪好時，我還沒聽見衣櫃拉開的聲音。

我趴在床上往下看，又看到「沉思」的小珍。

她站在 Eva 她們的衣櫃前，眼神卻盯著自己的衣櫃，又是那樣的僵硬恐懼，而且不時的嚥著口水。

我想到 Eva 她們說的話，不禁也毛了起來。

「喂！郭怡珍，妳別這樣好不好？」Eva 突然站在床邊開了口，「妳這樣會嚇死人的！」

小珍倉皇的看向 Eva，兩個人站在以床構成的走道兩端相望。

「好好好！大家別吵！沒什麼大事嘛！」我趕緊爬下鐵梯當和事佬。

「怎麼會沒事？妳看她用那種臉看著衣櫃，好像裡面有什麼一樣！這怎麼不嚇人啦！」

「可是我……」小珍眼角噙著淚，「我就是會害怕嘛！」

哇哩咧！小珍！妳回那什麼話啊？好像衣櫃裡真的有什麼一樣！我也微微僵了身子，氣氛果然在小珍那句「她就是會害怕」中迅速凍結。

不行，再這樣下去情況會越來越糟的！反正我常看 CSI 犯罪現場，就算裡面有屍體我應該也不會怕！

不知道哪來的勇氣，我上前一步，毅然決然的拉開那迷你版的鐵衣櫃。

咿——

衣櫃打了開，我看到裡面空空如也，大大的鬆了一口氣。

就知道這些小女生神經過敏！

「拜託大家，人嚇人是會嚇死人的！」我這句話是對小珍說的。

「對呀！妳看東西的眼神很詭異，好像在告訴大家那邊有什麼……」Kitty 嘛起了嘴。

「哎喲喂呀，怎麼會有這麼怪力亂神的事？」我乾笑打著圓場，「要是真是如此，那剛剛小珍還站在門口瞪著浴室咧，難不成浴室裡有什麼嗎？哈哈哈哈！」

我話一出口，空氣突然停止流動。

小珍很認真的凝視著我，而 Eva 跟 Kitty 也不由自主的停下了手邊的動作。

「哈哈……哈哈……」我的笑聲越來越尷尬，現在是怎樣，為什麼氣氛變得那麼僵。

「學姊。」小珍語重心長的開了口，「那是因為妳看不到。」

第二章・第一間洗澡間

小珍的話讓我全身上下都起雞皮疙瘩，早知道就不要幫她打圓場了！越講讓我越不舒服！

結果晚上請學長吃好料，順道抱怨起小珍的事，卻反而被唸了一大籮筐！

學長不但稱讚小珍敏銳，竟然還支持她的論調，不但再三警告我不准踏進那間浴室上廁所、洗澡、連洗手都要走到二館去！

講到後來，學長甚至還要我立刻搬走！開什麼玩笑！我可是好不容易才抽中的耶，怎麼可能會搬走，天知道我期待這一天期待三年了！

後來學長果然不再提這件事，但是卻送了我一條從他身上取下的項鍊——一個符包。

我暗戀學長兩年，這是我第一次收到他送我「飾品」……如果符包算飾品的話！

我承認我這個人是鐵齒了一點，加上家裡是無神論，我們什麼都不拜、什麼都不信，更別說會在我身上找到這種東西了！

我尚在猶豫，學長卻堅持幫我戴上那繫著紅繩的符包。

其實不管這是什麼東西，既然原本是學長的、然後又是他親自為我戴上去的，基本上說什麼我都不會拿下來！

這頓晚餐算是吃得相當愉快，扣掉今天白天宿舍發生的事情，再扣掉學長囉哩叭唆叫我搬宿舍、扣掉他抄下我的生辰八字、最後再把他臨走前要我不准踏進一館浴室洗澡的廢話抹掉，實在是相當愉快。

保持這種心情回到宿舍，希望裡面的氣氛也能夠好一點！

推開宿舍的房門，八點鐘竟然空無一人！我卻不由得鬆了一口氣，總覺得大家暫時避開彼此，或許也不失為一個好方法。

我迅速的蹲到床底下去，拿過小面盆、沐浴乳、洗衣精及換洗衣物，愉快的準備「浴室啟用典禮！」

我踏進浴室時，發現裡頭陣陣煙霧，還有不少沖澡聲，滿多人挑在這時候洗澡的！站在走道上，發現幾乎每一間都有人在使用！

一陣風掠過，將我身後的門吹了動，發出輕微的砰砰聲。

我趕緊回首，喜出望外的發現第一間洗澡間是空著的！

真好！我開心的走了進去，洗澡間果然也很簡陋，在右手邊的牆上掛著極其陽春的置衣架，蓮蓬頭是老舊式的，一堆紅鏽佈在接縫處，我試著轉開水龍頭，發現供水正常，才放心的把衣服放上架子。

置衣架是鐵絲架組成的，搖搖晃晃，我把衣服擺在最上層，衛浴用品就擺在下兩層。

不知道是水龍頭老舊還是因為太多人在洗澡，水壓不足，我洗起來還滿艱辛的！水量一下子大一下子小，水溫則是一會兒冷一會兒熱，費盡了千辛萬苦才把一身疲憊給洗去。

我沒有在這不方便的洗澡間裡洗衣物的習慣，我把貼身衣物擱在臉盆裡，把帶來的洗衣精倒進去，走出浴室時先把衣服泡水，放在洗手台上，等一會兒再來洗洗刷刷。

回寢室時，發現大家都已經回來了，氣氛一樣沉默凝重。

「咦？學姊……妳去哪裡洗啊？」開口問話的竟然是 Eva。

「哪裡？就這裡啊！」我好笑的指了指外面，「不然要去哪裡洗？」

結果發現在笑的人還是只有我，因為其他三個女孩臉色都不是很好看。

好，我又說了什麼冷笑話嗎？在這裡洗澡是很奇怪的事情嗎？

「我們……今天去上課時，問了一些事情……」

「就是下午……小珍學姊說的話，讓我們很介意，所以我們去探聽了一下。」這言下之意，好像她們還挺把小珍的話當一回事似的，「發現宿舍也有傳說……」

「宿舍有嗎？我們學校最有名的不是那個半夜十二點，會在宮燈大道問妳時間的宮燈姊姊？」我狐疑的問著，這幾個室友幹嘛這麼認真啦！

咱們學校的宮燈姊姊赫赫有名，我是不清楚現在流傳的版本是第幾版，也無法確定它的正確性；總之就是有個女孩跟男孩相約在宮燈大道，結果女孩出了意外死了，魂魄無法升天，只要到了半夜，就會找上經過的男孩，渴切的問著：現在幾點了……

「這是快二十年前的事了，有學姊愛上一個男人，結果那個負心漢根本是玩弄她，最後學姊在洗澡的時候……割腕自殺……」Eva 開始敘述她所聽到的，「聽說那時候是半夜，蓮蓬頭的水一直流，直到紅色的血水流出浴室，大家才發現有人死在裡面……」

小珍鐵青著一張臉，呼吸開始變得急促，很緊張的看向 Eva。

「接下來妳們該不會要說，就發生在五樓這間浴室吧？」我彷彿編劇般，自己都能想到劇情。

Eva 點了點頭，再認真不過。

「那妳們知不知道，她是割哪一隻手？」小珍忽地移到 Eva 的對面，舉起自己的手腕。

Kitty 膽子像是比較小，怯怯的點了點頭。

「該不會……」小珍舉起雙手，用食指各在兩隻手腕上劃過，「這裡、這裡跟……」最後她劃過右邊的頸子，「這裡吧？」

我瞧見床榻上的 Eva 與 Kitty 倒抽了一口氣，嚇得臉龐轉為死白，驚慌的向後退到牆壁邊。

就連我這天不怕地不怕的個性，也開始覺得一陣涼從背脊竄了起來。

宿舍裡有四個人，卻沒有人再吭半聲，每一個人都望著地上，我可以感受到強烈的恐懼環繞在這個房間裡。

「小珍，妳也聽過這個傳說嗎？」我試著想找出這一連串疑神疑鬼的漏洞。

「我沒聽過……」小珍竟然慘澹一笑，「學校裡有太多東西是沒被傳說的了……算、算了，當我問錯人，越問越毛。

「那妳為什麼會知道她是雙手割腕，又刎頸自殺？」Eva 真是哪壺不開提哪壺，急起直問。「……妳該不會是看到的吧！」

只見小珍緩緩的抬起頭，然後雙眉一緊，點了點頭。

Kitty 慘叫一聲，Eva 緊跟著嚎啕大哭，小珍則是全身發著抖、縮起雙腳，往床的裡側躲去，直到緊靠住白牆。

我雖然雞皮疙瘩冒了起來，但是我還是相信傳說歸傳說，雖然不知道小珍所說的是真是假，但是我真的被她們的反應搞煩了。

我走回床下拿吹風機，逕自吹起頭髮來，一邊祈禱這些女孩能夠在我吹完頭髮時恢復正常。

「可是一館人那麼多，來來回回十幾年，也沒聽說發生什麼事啊！」在我切斷吹風機電源時，我聽見 Kitty 總算說了句正常的地球話！

「其實只要避開學姊自殺的那一間洗澡間就好了！」Eva 抹了抹淚。

「哪一間哪一間！」Kitty 緊張的拉著她問。

「……」對面的小珍在陰暗中發出鬼魅般的聲音，「第一間……」

我拿著水杯的手，陡然僵硬。

第一間？我剛剛挑的那一間，似乎好像就是第一間說……

「哪個第一間？」我終於跟大家接上話題，「是我們宿舍望過去可見的第一間，還是另一個背對我們的？」

拜託千萬不要是面對我們房門口的那間啊！阿彌陀佛，因為我剛剛就是在那間洗澡的！

「面對我們房門口的那一間……」

吹風機從我手中滑去，啪的摔上了地。

「啊呀！」Eva 跟 Kitty 被這聲音嚇得尖叫，然後莫名其妙的看著被摔破的吹風機。「學姊！妳幹嘛嚇人啦！」

Eva 彎身出來，幫我撿起吹風機及殘骸。

「我剛剛就在那一間洗澡啊！」我突然像想到什麼似的，豁然開朗，「可是什麼事都沒有喔！」

「真的嗎？」

「千真萬確，妳沒看到我好得很！」我還轉了幾圈，我什麼都沒看到啊！

Eva 跟 Kitty 鬆了一口氣，拍拍胸脯，不過看來她們打死都不會去那一間洗澡。

「可是……我看到的是青面厲鬼，那個學姊……很可怕……」該死的小珍又接口了。

「怎麼會！要是這樣，我哪能全身而退？」我打定主意要讓她啞口無言。

只見小珍看了我一眼，起身到椅子上拿出電子辭典，然後遞到我面前。

「學姊，妳算算自己的八字有多重。」小珍認真的看著我。

真有趣，才幾個小時，連續有兩個人跟我要生辰。

「不必算了，我六兩八！」這是學長剛告訴我的。

「哇……六兩八？真的假的？我才四兩！」Eva 報著自己的八字重量。

「很棒了！我三兩二而已耶！」Kitty 鼓起腮幫子。「聽說皇帝命是七兩二呢！」

「七兩二？哇……那我可能是宰相命，或是將軍命喔！哈哈哈！」對這種習俗迷信一向不加採信的我，只是一笑置之。

「學姊的八字很重，氣場很強，而且守護靈又多又厲害。」小珍突然站起身來，站在我面前，「所以一般的魍魎鬼魅，學姊根本感覺不到，他們還會怕學姊！」

我挑了挑眉，小珍真是厲害，越說越有一套。

「而且……」小珍歪了歪頭，視線突然落到了我的頸間，「學姊頸子上多了有法力的東西！」

這一次，我是真的嚇到了。

因為我穿著的睡衣是圓領衫，學長給我的符包紅線從外面是完全看不出來的！更何況我從回來到現在根本沒跟任何一個人講過這個符包的事情……而小珍竟然能夠一語中的！

突然，我對小珍的話的信任度瞬間拉高了百分之七十。

「早上還沒有，但是現在學姊的磁場跟光芒明顯變強了！」小珍凝視著我的鎖骨。

如果小珍真的有感應力的話……那麼從早上她詭異的視線、跟浴室互瞪、包括剛剛她知道傳說的自殺學姊是怎麼死法，都有可能是真的了！

我打了個哆嗦，開始後悔抽宿舍。

「學姊？」Eva 她們看著我，意圖求證。

我點了點頭，這種事沒必要騙她們。

Kitty 瞬間慌了手腳，語無倫次的喊了起來，她們想到早上的衣櫃、或是房間裡有什麼之類的事情；不過小珍倒很鎮靜，並且強調只要有我在，萬無一失！

現在唯一的問題，只有傳說中那位在浴室裡自殺的學姊……

房間裡又是沉默，不知道誰提議要去洗澡，結果三個女生瞬間一起動作，小手牽著小手，出了房門右轉，往二館的浴室走去。

然後留我一個人在房間裡。

我呆站在中間的走道上，看著明明很窄、但現在讓我覺得太空曠的房間……都是小珍，害得鐵齒的我也不舒服起來。

不過既然她剛剛提到我八字重、氣場強，又加上守護靈很厲害，那我應該沒什麼好擔心的！我開始覺得人類真是脆弱，明明前一秒鐘對這種事嗤之以鼻，現在我已經開始祈禱了。

聽說守護靈都是親人變成的，那麼疼我的人真不少，去年往生的爺爺奶奶，還有大前年過世的外公，我小時候就病逝的外婆，當然最親的莫過於今年初往生的媽媽了。

要是你們都在的話，一定要保護小美平平安安的喔！雖然小美好像很現實，平常都懷疑你們的存在，但是小美覺得你們現在存在會比較好。

當然，我更希望這一切只是巧合與怪談。

我把頭髮用鯊魚夾夾起來，告訴自己以平常心面對一切，大不了不要進浴室時，我突然想起我那一桶可憐的衣服。

唉……反正連洗澡都沒事了，我也不認為可愛的學姊會無緣無故找我麻煩。

硬著頭皮，我還是乖乖的走進浴室。

不知道是不是「尖峰時間」過了，現在浴室裡人超少，也沒有水蒸氣瀰漫的現象，充其量只有一兩個人在洗澡而已。我走到洗手台邊，搬過洗衣板，從鏡子裡看向傳說中的第一間，發現裡面有人在洗澡。

啊哈！就說沒那麼玄吧！還不是有人照洗照沒事！

我開始把衣服擱在洗衣板上左搓右揉的，雖然我平常粗枝大葉，但是洗衣服這種小事對我而言還是輕而易舉啦！

洗著洗著，最先出現異狀的是水龍頭。

水壓似乎又不足，導致水柱有一下沒一下的流出；宿舍洗手台的水龍頭與洗手台的距離比一般高，長長的水柱一下子嘩的噴出，一下子倏地收回。

然後水管開始出現呼嚕呼嚕的聲音，還有倒吸的空氣聲。

我還在那兒轉著水龍頭，突然連浴室的燈也很有節奏感的開始閃爍，一明一暗的閃爍不停，跟水龍頭的出水量配合著。

一股涼從腳底竄了上來，難不成繼水壓不足後、連電壓也不穩嗎？為什麼這種閃爍方式，活像日本鬼片裡的燈光？

就在我想著該不該拔腿就跑時，洗手台整排的水龍頭嘩的同時流出了水！

媽呀！不要告訴我這是巧合！同時間十幾個水龍頭都壞了！

我呆望著水龍頭的水同步調的一收一放，浴室裡的燈光搖曳閃爍，然後在我意識未明之際，一陣啜泣聲卻跟著響起。

我深吸了一口氣，緊接著屏住氣息，雖然我知道這不是在演殭屍片，但是我下意識的無法呼吸！

我發現自己手在顫抖，緩緩的離開手搓著的衣服，那一吐一收的水甚至一再的潑在我手背上。

「喂！有沒有人！」

喔耶！終於有個聽起來是人類的聲音出現了！我喜出望外的回首探視，想知道有誰跟我同是天涯淪落人。

「怎麼回事！為什麼——呀——」是一個女孩子細細的叫聲，來自禁忌的第一間洗澡間！

「我在！」我趕緊出聲，到這種節骨眼上了，我還在顧著讓別人安心！

「燈怎麼了？我……」

女孩子餘音未落，我就親眼看見她洗澡間的那扇門被狠狠的拉開了！

那真的是被拉開的！不是什麼被風吹開、或是不小心鬆開的！那股力道，那種拉力，明明就像是有人惡狠狠的扯開那道門！

我看著那扇門被拉了開，停在半路，動也不動，彷彿有一個人正拉著那扇門，站在那裡……看著……？

裡頭全裸的女孩嚇得失聲尖叫，然後她一雙眼看向我。

我舉起雙手投降，我站在這裡，雖然差沒幾步，但絕對不是我去拉的門……畢竟，那扇門現在還停在這裡。

「我……門有鎖好的……」女孩子手中的蓮蓬頭持續灑著水，而且看起來那是這間浴室唯一沒有水壓問題的出水孔！

她的臉色相當難看，看著一室燈光明滅，還是伸出顫抖的手，試圖把門給拉回來。

我完全不能動了。

我的雙腳彷彿生了根，雙手高舉做投降狀，眼光卻移不開視線，看著那道門。

女孩竟然完全拉不動那道門，那道明明半開著、沒有跟任何東西黏在一起的門！

「啊呀呀呀——」女孩子終於發出慘叫，連衣服也不拿，扔下蓮蓬頭就往外衝。

就在那一瞬間，沒有任何人觸碰的那道門，咻的用力一甩，砰的巨響，關了上。

女孩子欲衝出來的身子被門打了進去，最後我聽見的是……落鎖的聲音。

走廊上的聲音吱吱喳喳，每個人都在議論剛剛在浴室裡暈倒的女孩。

接到通知的女教官率先衝進浴室，吃力的把門撬開之後，抱出不知昏迷多久的女孩。眾說紛紜，大家只知道女孩暈倒，以為她是貧血、以為她是洗得太熱了，許許多多的理由與猜測，但是沒有人知道我所看到的景象。

通知教官的人是另一個之後進來的學生，我只記得我看著女孩被打進洗澡間，然後我就站在原地動彈不得，燈光什麼時候恢復的我不知道、水龍頭何時正常了我也不清楚，連走進人影我都沒有注意到。

某個學生走了進來，看見我一臉蒼白，我才支吾其詞的指著那間洗澡間說：有人暈倒了。

接著我緩步走回宿舍，爬上上層的床鋪，腦子一片空白。

小珍她們洗澡回來就看見浴室一片混亂，進了房間見到坐在上鋪的我，Eva 跟 Kitty 還逕自聊著天，唯有小珍察覺出我的不對勁。

「學姊，來，這是我很愛喝的可可亞喔！」小珍爬上樓梯，搆在半空中捧著馬克杯，「聽說巧克力可以安定神經。」

我瞧了她一眼，擠出一絲難看的笑容，接過馬克杯。

「怎麼了，學姊！一點都不像妳！」Eva 抬首看了看我，一臉狐疑，「發生什麼事啦？」

我捧著馬克杯，先喝了幾口，味蕾感受到香濃的可可味，心情真的頓時鬆散許多。

「我剛剛……在裡面洗衣服。」我決心把我所看到的全數道出，「那個女孩子，是被奇怪的東西打暈的！」

在Eva與Kitty的蒼白神色中，我把剛剛親眼所見詳細的描述了一遍，我是個很鐵齒的人，但是歷經剛剛的情況後，我實在找不出任何藉口去解釋那個怪異的現象！

「啊……啊啊！」Kitty 失常般的尖叫起來，「我不要！我不要住在這裡！」

我突然很能明白她的想法，畢竟這間宿舍要住一年，可是今天才第一天……

雖然我剛剛才叫她們不要胡思亂想，但是剛剛的一切是我親眼所見啊！天曉得我千百個不願意遇到這種事！

我轉過頭看向小珍，在看過許多災難片後，我深知跟著專家的重要性，「小珍，怎麼辦？」

「嗯……我們都不要進浴室好了，要上廁所、洗澡什麼的，全部都到二館去！」小珍此時此刻看起來真是可靠斃了！「如果覺得有什麼不對勁……應該只有我會感覺啦，屆時再麻煩學姊了！」

「我？」

「當然囉，學姊是很強的！」小珍笑瞇了眼。

「拜託！我剛剛都泥菩薩過江，自身難保了，還能幹嘛？」說完之後，我全身都鬆一口氣，靠上了牆。

「可是出事的不是妳啊！」小珍認真說明。

哇哩咧，那我還得謝天謝地是嗎？暈倒的的確不是我、被打到的也不是我，但是我卻是目擊證人好不好？！那感覺跟一堆毛毛蟲在身上爬一樣噁爛！

「可是有一點很奇怪……」小珍皺起眉頭，抬起頭正視著我，話卻戛然止住。

她應該要繼續講下去的，但是她現在卻雙眼越過我的耳畔，直盯盯著望向斜後方。

媽呀……拜託小珍大人，妳不要再這樣看了好嗎？尤其是越過我耶！

小珍驚恐的一撇頭，跟著瞬間移動般爬下了我的床，迅速鑽進她的陰暗下鋪裡。

Eva 跟 Kitty 兩個人相互緊緊擁抱，發出嗚咽的低鳴，也窩在下鋪。

真好！小珍扔給我一個天大的恐懼就落跑，樓下兩個人還用哀鳴當伴奏，上鋪就剩我一個人面對著書桌窗戶，僵著身子猶豫著要不要往後看。

「郭怡珍！妳下次再這樣越過我看別的東西，我就扁妳！」我承認我是惱羞成怒了，一邊害怕還一邊氣到罵人。

上至祖宗十八代、下至爺爺奶奶外公外婆和媽媽，一定要保佑你們的阿美啊！

我一咬牙，深吸一口氣，雙拳緊握，毅然決然的用迅雷不及掩耳的速度回頭！

沒有！什麼都沒有！我知道大家一定都希望沒有對不對？

當我回頭時，我也是這麼想的，空中什麼玩意兒都沒有，我回首望去只能看到小不啦嘰的衣櫃，門及其上的氣窗。

是啊，我的床斜斜望過去，跟氣窗連成一直線，而這個角度望出去，這麼剛好，跟浴室門口也一直線……

連成兩直線，不知道獎金有沒有加倍喔？

要命了！我不由自主的瞪著半開的氣窗向外瞧，這角度只能看到浴室大門的上半部，我是什麼都看不到啦……不過託小珍的福，我篤定那兒一定有什麼！

「妳……看什麼啦！」我的神經繃斷，指著氣窗就開始罵，「滾進去啦！妳存心找我麻煩啊！」

「啊呀呀呀……」Kitty慘叫出來，激得我不耐煩起來。

我抓起抱枕，巴不得往氣窗那兒丟，不過由於氣窗太髒，我捨不得讓跟了我十幾年的小

Pinky 沾上灰塵。

我本來還想繼續怒吼的，但是一瞧見 Eva 她們轉青的臉色，天生會照顧人的個性就竄了起來，瞧她們怕成那樣，我實在不該再多說什麼。

我再度往氣窗外頭狠瞪，都是裡面那個學姊，把我夢寐以求的宿舍生活搞得一團糟！今天才第一天耶！有本事妳就不要給我遇到！

我趕緊下床安撫兩個小學妹，Kitty 急得打電話求救，今天晚上要出去住；Eva 已經在收拾東西了，而且還嚷著要填退宿單。

對面下鋪的小珍我實在懶得管，她是專家，應該自己能控制一切。

一個小時前的慌張、呆愣與恐懼此時此刻都已經被我拋到九霄雲外去了，我一顆心只顧著如何讓 Eva 她們不再慌張。

有時候我很愛這種個性，因為只要有需要照顧的人存在，我就不會失控、也不會歇斯底里。

沒有半個小時，Eva 跟 Kitty 一人一肩行囊，哭著要去找同學借宿，我也不好說什麼，只是交代 Eva，退宿單乾脆拿四份回來，我想應該沒有人想在 1501 待一年。

送走了 Eva 她們，小珍還是一樣蜷縮在角落裡，有時候我會興起很怪的想法……因為我會覺得，如果不是小珍，一般人是不會嚐到這般恐懼的滋味。

但我剛剛是親眼所見，跟小珍也就沒啥關係，不過麻煩她少看東看西，逼得我毛骨悚然。

「沒事了啦，小珍！」我意思一下的跟她說話，「反正就是這樣囉，我想我們沒惹學姊，她是應該不會怎樣啦！」

小珍喃喃自語，我聽不懂她在唸什麼。

「我叫 Eva 拿退宿單了，明天我們填一填，趕緊交出去好了。」我嘆口氣，又要找外頭的房子了。

小珍依舊沒有回答我，我也懶得再整理這間待不下去的房間，所以為小珍留了她書桌的燈，關上大燈，翻上床就睡了。

期盼了三年，好不容易抽中的宿舍，竟然是這麼的「特別」！輾轉這麼一大圈，不但被嚇個半死，還得再搬來搬去，重新找房子。

我在迷濛之中還在想著該去哪裡找房子，卻完全沒有料到，並不是每個人都會有明天。

我是長孫，小時候是最受疼愛的一個孫子了！不管爺爺奶奶或是外公外婆，每一個都很疼我！即使是在我很小就病逝的外婆，也永遠會記得買我最愛吃的枝仔冰。

而最最溫柔的媽媽去年終於結束病痛的折磨，爸爸說這是媽媽上輩子修來的福氣，還有親人的保佑，才能夠讓她這麼早就輕鬆的往生，不至於插管插到全身都是潰爛的洞，苟延殘喘。

我想也是，因為媽媽人最好了，所以才能夠順利的往生……

小美！小美！

以前的我最愛賴床了，媽媽總是得叫好幾次才能把我挖起來。

小美！起來！快點起來！

嗯……天還沒亮……讓我再睡一會兒……

小美！

一道光刺了進來，我倏地睜開雙眼！

我面朝外側睡，門口照射進來的一道光此時刺眼的打到我的臉上。

我立即繃緊神經，彈坐起身，看著走廊上的光從門的大縫照進來……

——門為什麼是開著的！

「小珍！」我往床下呼喚。「小珍！」

房裡毫無回應，我一骨碌跳下床，大手一探，沒有在對面下鋪探到小珍，立刻回首瞧向門外，當下奔了出去。

我第一次有這種不安的感覺，因為我確實的聽到了媽媽的聲音！媽媽叫得很急切，與其說那是在叫我起床的聲音，不如說是發生事情的叫喚聲。

我祈求小珍是去二館上廁所，但是用腳趾頭想也知道，去上廁所幹嘛不關門？問題是小珍這傢伙打死她都不會願意進浴室啊！

才思考到這當下，我的腳卻往眼前的浴室移動。

「該死！」一站到門口，我就看到小珍站在裡面。「郭怡珍！妳搞什麼鬼！幹嘛不關門！」

我大步上前，我真的會被小珍嚇掉半條命。

「妳上廁所就上廁所，幹嘛……」我話到這兒，卻突然發現小珍站在洗澡間的前方……

「妳錯過廁所了，這裡是洗澡間！」

二話不說，我拉過小珍的手臂，直直往後拖！

誰叫我的直覺告訴我，離第一間洗澡間越遠越好！

可是，我拉不動小珍。

我可是運動健將大力女，小珍這麼瘦小的類型，我怎麼可能拖不動！

我再使力拉扯，她還是不動如山。

「我說郭怡珍——」我站到她面前，不耐煩的皺起雙眉。「妳是……」

在夢遊嗎？

我怔了住，因為小珍的雙眸是闔上的，看起來好像根本還在熟睡當中嘛！搞半天小珍有夢遊症啊？讓我想想，記得以前書上說過，遇到夢遊的人千萬不能叫醒她，應該要試著引導她回房間……或是要保護她，儘量不讓她碰撞到任何東西！

問題是她要是夢遊逛到白天，我不是要陪在她身邊到天亮啊？

「小珍？喲呵！」我試著輕喚，但是不敢太大聲。

嗯……還是輕輕的拉拉她，看她會不會跟著我夢遊回房間。

「好吧！妳慢慢夢周公，只要移動妳的小腳步就好了！」我彎下身子，打趣的對著小珍笑了笑，扯扯她的袖子。

瞬間，她睜開了雙眼！

那對眼皮像是跳開來一樣，嚇得我差點叫出來。

小珍的臉上罩著青光，一雙充滿恨意的眸子瞪著我，黑色瞳仁外滿佈紅色的血絲，然後她的臉部扭曲、極度猙獰，鼻子嘴巴全皺在一起，口中跟著吐出噁心的臭氣！

「把我的東西還給我！」

伴隨著尖叫，小珍突然伸出雙手，就要掐住我的頸子。

可是在碰觸到我的前一刻，她突然像是被什麼東西擋到一般，向後踉蹌而去，砰的撞上另一間洗澡間的門。

東西？還給她什麼東西？敢情她在做惡夢嗎？我好想拔腿就跑，但是我怎麼可以把小珍一個人扔在這裡！

「小珍！」我上前想拉起她。

「嗯？」好不容易站穩的小珍呆呆的看向我，「學姊？」

「謝天謝地！」看到恢復正常的小珍我不禁鬆了一口氣，「妳有夢遊幹嘛不早說！還做惡夢，嚇死我了！」

「夢遊？我沒有……」小珍往前才走了一步，突然停了住，「我為什麼在這裡！」

「問妳啊！」此地不宜久留，我拉著小珍準備迅速逃出。

就在我跨出第二步時，我聽見後頭傳出了咿的長音。

我們身後那扇門，緩緩的開了。

我很不想回頭，我相信小珍也是，但是我們的左方就是洗手台，那一排長長的鏡子可以映出一切我們根本不想看的東西。

我的眼尾該死的就瞄到門拉了開。

我的耳邊傳來奶奶最常告誡我的話，她總是說我神經太大條、說我好奇心太重，有時候能不管就不要管，不要什麼事都追根究底！

言猶在耳，我還是回過了頭。

現在我、小珍、跟那道開啟的門連成一直線，小珍僵硬著身子看著我，而我回首看著那間空蕩蕩的洗澡間。

跟我今晚時洗澡時一樣，蓮蓬頭、置衣架，一點都沒有不一樣。

嘩——

掛在上頭的蓮蓬頭莫名其妙突然開了，水灑了下來。

嚴格說起來，是血水灑了下來。

紅色的、腥臭的、濃濃的血水從蓮蓬頭下拚命灑出，首當其衝的小珍嚇得回首，順手一摸就是一掌的鮮血淋漓，她拔高了聲音尖叫。

「哇呀……啊啊啊——不是我！不是我！」小珍歇斯底里的尖喊著，「不是我拿的！不是我——」

「小珍！」望向失控的她，我使盡力氣拉過她，意圖直接衝出去。

無奈，有一個更大的力量，從我手中奪走了她！

我感受到掌心一空，那力道大得嚇人，趕緊再度回首，蓮蓬頭的血雨未曾稍歇，而小珍已經不見人影。

「小珍！」我慌張的驚叫著，不懂附近的人是睡死了嗎？為什麼沒有人進來察看一下！

走沒兩步，我就找到小珍了，她正面對著下著血雨的洗澡間，背部緊靠著對面的那扇門，臉色蒼白的對望著。

「妳怎麼了！小珍！」我才想上前一步，卻很明顯的被人推了開。

問題是，沒有人。

推開我的「東西」非常不客氣，力道很猛烈，逼得我一路踉蹌到洗手台邊，直到撞上洗手台邊緣才止了步。

小珍緊貼在身後對門洗澡間的門上，這其實是很怪異的景象，因為無人使用的情況下，門是往內推的，小珍照理說是不可能如此牢靠的黏在門板上。

不過歷經晚上那一遭後，我已經沒什麼不相信的了。

我忽然知道為什麼沒有人進來察看，這跟晚上沒有人感覺電壓不足、燈光閃爍是相同的道理；有什麼東西，把我們跟外頭的世界阻斷了。

「妳到底要什麼？」我下意識緊握頸間的符包，「我跟小珍都沒有犯到妳！」

蓮蓬頭的血雨突然停了，像是有人很認真的想回應我。

「要是這間不能洗澡，妳要不要考慮掛個告示？而且晚上在妳這兒洗澡的是我，有問題衝著我來！」我是真的怒了，對著小珍面前的空間吼了起來。

餘音未落，小珍突然像被人箝住雙臂往門板上撞擊一般，被使勁的撞出好大的聲響！

「喂——好！我道歉！」一見大勢不妙，我趕緊見風轉舵！

「唔……呃！」小珍突然下巴一抬，痛苦的舉高雙手往頸子邊摸索。

然後她離開了地面，足足有十公分高！

我倒抽了一口氣，看著小珍全身扭動、痛苦掙扎，好像正遭受極大的痛苦！

「我道歉！我道歉了嘛！」我急得都快哭了，「妳不要這樣折磨小珍了！我跟妳道歉！」

我慌張得不能自已，也搞不清楚自己到底在講些什麼，只顧著拚命說話，倉皇失措的東張西望——

直到我眼尾瞥到鏡子的一角。

我非常遲疑該不該往鏡子裡看去，但是又有另一股聲音告訴我：快看吧！妳應該想看看到底發生了什麼事。

我嚥了口口水，把符包抓得更緊，還是回過了首。

我覺得總有一天，我會是被好奇心殺死的那隻貓。

鏡子裡的一切跟我眼前所見一樣，小珍貼在門板上，離地十公分，雙腳不停抖動掙扎著。

唯一有個比較不同的地方。

是她。

有一隻右手掐著小珍的頸子，把她往上舉到離地十公分，右手的腕動脈正對著我，那兒切了好大一個口子。

順著手往前看去，有個清清楚楚的女人站在小珍面前。

她有著一張娟秀的臉龐，漂亮的瓜子臉……扣掉滿是青筋的皮膚跟那雙紅色的眼睛不算的話。

修長的頸子那邊有個好大的缺口，邊緣砍起來非常俐落，像是用刀迅速切過一般。

透過鏡子，那雙鮮紅色的雙眼與我直接對望。

她緩緩抬高左手，掌心向上，左手的手腕間有個跟右手腕一樣深的傷口。

接著她伸直了左手，猙獰且兇悍的看著我，像是在跟我要什麼東西一樣。

然後她鬆開了右手，小珍應聲而落，緊接著是她咳個不停的聲響迴盪在浴室裡。

我說不出話來，我也移動不了身子，我就這麼眼睜睜的看著鏡子裡才看得見的女人回身走進第一間洗澡間裡，很穩當的把門關了上。

在漸閉的門縫中，那雙紅色的眼睛依舊惡狠狠的盯著我不放。

「呀呀呀——啊呀——」

那晚，是小珍響徹雲霄的尖叫聲，喚來宿舍的人們。

第四章・萬應宮

「不是我！不是我——我沒有拿！我沒有拿！」

救護人員好不容易把小珍抬上擔架，在她身上束了無數條皮帶，任她死命抽動身子也無法動彈；她驚恐的看著不知名的方向，全身持續扭動抽搐，皮帶下的雙手張牙舞爪著。

「一定要這樣嗎？為什麼要這樣綁著她！」我看不下去了，衝上前去按住醫護人員的肩膀。

「同學，她現在情緒不穩定，這樣對她好、對我們也好！」

「可是她……」

「我沒有！」小珍倏地抓住我的手，充血的眸子瘋狂看著我，「學姊，妳告訴她，不是我——真的不是我啊——」

「危險！同學！退後！」醫護人員迅速的把我拉開，往後推了去，女教官更快的上前壓住我。

「小珍！小珍！」我呼喚著小珍的名字，看著她的歇斯底里。

擔架被抬了起來，小珍被推進救護車中，紅色的燈光不時閃爍，宿舍樓下圍了看熱鬧的人們；唯有小珍，她在被推進去的那一剎那，我知道她還是看著我的……

救護車發出一陣哀鳴，逐漸遠去，那聲音彷彿小珍的求救聲，讓我連呼吸都困難。

「同學，到底發生了什麼事？」救護車一走，教官及舍監就開口了，「郭同學為什麼無緣無故會這樣？我聽說妳們待在浴室裡。」

我抬首看了教官們一眼，搖搖頭。

「說了妳們也不會信，多說無益。」

「妳不說我們怎麼會知道？」舍監老師開始循循善誘了。

「一館五樓鬧鬼。」我直截了當的說了，「就是我們房間斜對門那個浴室裡的第一間洗澡間。」

老師們愣了一下，旋即面面相覷，我從她們交換眼神的訊息中，讀到了不信任。

「不信就不要再問了。」我擺了擺手，「我看到的跟你們看到的不一樣，小珍看到的……更真切吧！」

「同學，妳要不要休息一下？」舍監不知道從哪拿出一顆白色的藥丸。「喝點水，會舒服點。」

我看著她手掌心的鎮靜劑，突然想到，如果我再繼續堅持己見，說不定下一個被綁在擔架上的人是我。

而且我不適合再繼續昏睡下去，才開學第一天，連退宿單都來不及填寫，小珍就出事了……如果她不是夢遊，為什麼要到她畏懼萬分的浴室去？有什麼力量驅使她非去不可呢？

我覺得事態已經非常嚴重，我必須打起精神來，今天是小珍，說不定明天就是Eva或Kitty了。

某一天，搞不好就是我。

「謝謝老師。」我接過藥丸，畢恭畢敬的鞠了個躬。

我飛快的離開櫃台，我有許多事需要釐清，還有一通電話非打不可。

回到宿舍走廊時，我發現燈光大作，很多人都被小珍的尖叫聲吵醒，她的歇斯底里與瘋狂讓許多人害怕，有些人直指她中了邪，以前我會覺得這些人穿鑿附會的功夫一流，現在我會覺得這一層樓可能也有不少類似小珍的人。

走到房門口，我不由自主的往浴室門口瞪了一眼，我現在對這間浴室非常不爽，是她先找我麻煩的……我這輩子最討厭別人先找碴！

我推門進房，房裡當然只剩我一個人，可是我現在一點都不害怕，取而代之的是滿腔怒火。

好不容易找到手機，半夜三點半，打電話給學長說不定會被罵，但是我現在不打一定會後悔！

「學長學長學長學長學長學長！」我叫了一長串，「你醒一下！」

『……阿美啊……妳知不知道現在幾點了？』學長那邊果然是睡眼惺忪的聲音。

「學長，我們宿舍出事了。」

『什麼？出什麼事了？』果然沒有三秒鐘，學長的聲音清楚有力。

「小珍被送去醫院了，今天晚上我洗澡時……」我腦子一團亂，不知道該從哪裡講起，「然後……」

突然，我的淚從眼眶裡滑了下來。

奇怪，這是怎麼回事？我無緣無故哭什麼啊？結果這淚一流就一發不可收拾，我越哭越兇，連話都說不清楚了。

『妳別哭！我立刻過去！』學長廢話不多說，『到樓下等我！拜託妳——不要再進那間浴室。』

「我考慮……」我抽抽噎噎的。

『陳．小．美。』

「我不會進去啦……」我握緊手機，帶了件薄外套跟錢，就往房門外走，「你快點喔！」

『五分鐘後見。』學長迅速的掛上電話。

我關上房門，一雙眼又瞪著浴室瞧，我其實很想進去對著洗澡間咆哮一番，但是我答應了學長，就得乖乖聽話。

遇到那麼多怪事，我一滴淚也沒流……結果一聽見學長的聲音，我竟然就崩潰了。

從那個混帳學姊消失之後，我什麼都看不到了！血水不見了，取而代之的是乾乾淨淨的自來水，我邊扶著小珍邊拉開那間洗澡間時，也是什麼都看不見。

我搞不懂混帳學姊要跟我表達什麼，但是傷害小珍就太過分了！

盛夏的夜晚還是有些涼意，尤其現在已近清晨，露水特別重，我穿著薄外套往宿舍外走，舍監多看了我一眼，我只是笑說想出去散散心。

學校宿舍是刷卡進出制，誰也管不了我。

坐在宿舍外的階梯上，此時的一切都顯得十分安靜，一旁的唯美建築物區漆黑一片，任誰也認不出這是常有偶像劇來拍攝的景點。

我沉澱下來，思考著從頭到尾發生的事情。

小珍看得見那些東西是個開端，但是我從不以為意，因為照她的說法，六兩八加上一堆守護靈的我，根本是看不到也感受不到所謂的好兄弟。

但是我洗衣服時，親眼見到了詭異的現象；接著是小珍出事，我真正的從鏡子裡見到了那個傳說中的學姊。

她雙手割腕刎頸，肉眼上就可以看出她絕對不是人。

為什麼是我？不，我該怎麼想？為什麼是我們？她伸出手跟我要什麼東西？小珍也口口聲聲高喊著她沒拿什麼？

還有一開始的夢遊，攻擊我的小珍實在不大像她，她那一句「把我的東西還給我」又是什麼意思？

不知道為什麼，種種情況看下來，我真的覺得那個混帳學姊是針對著我們而來的——針對 1501 室。

「小美！」

一陣叫喚從右方傳來，學長穿過了停車場，急急忙忙的衝了過來。

「學長！」一見到學長，我發現我的眼淚又快潰堤了。

「妳沒事吧？還好嗎？」學長一過來就箝住我的雙臂，上下打量，還打了個結印，「妳是小美吧？」

「學長，你在說什麼瘋話！」我沒好氣的皺了眉，「都什麼時候了……」

下一刻，學長突然把我擁入懷中。

「幸好妳沒事……幸好……」他喃喃的在我耳邊鬆一口氣。

「……」我瞪大了眼睛，雖然現在不是雀躍的時候，但是我為什麼還是覺得超爽！「學、學長……」

「啊……對不起！我一時太興奮了！」學長趕緊鬆了手，「因為我一直很擔心妳出事……」

「我……我沒出事，但是小珍她……」我咬了唇，竟然又開始哽咽，我沒想到我這麼沒用，在學長面前竟然如此脆弱。

學長陪著我坐在台階上，我把晚上的情況簡單的敘述一遍，其實不過幾小時的事情，為什麼好像過了一世紀的漫長、幾世紀的複雜呢？

學長越聽臉色越難看，直到我說完後，反而是沉默不語。

我也沒再開口，有學長陪著，會讓我覺得十分安心，我大膽的偎向他的肩頭，此時此刻，他是個讓我可以完全信賴的依靠。

遠方的天空露出魚肚白時，學長拉著我站了起來，他溫柔牽起我的手，第一句話竟然問我肚子餓不餓，想不想吃早餐？

雖然這不是我想聽的話，但是我覺得思考良久的學長一定有他的想法與做法，加上我肚子真的很餓，所以我點了點頭。

然後學長牽著我往圖書館側門走去，我們往左手邊走，會經過整個一館與二館的建築物。

「這裡……看得到一館五樓嗎？」學長走沒幾步，突然往黑暗的遠方望著。

「看得到吧！我站在浴室的陽台那邊看過，可以看到這裡喔！」只可惜夜色尚黑，根本看不清楚。

學長不發一語的昂首望著，我瞧了瞧他的側臉，覺得他現在這個樣子很MAN。

「妳說的那個學姊，是不是長頭髮，瓜子臉……頸子有一個大缺口……」學長轉向我，「她穿著紅色的洋裝。」

我傻了。

因為我剛剛跟學長轉述時，只有提到我真的看到了鬼，我絲毫沒有詳細描述學姊的模樣……

「為、為什麼……」我瞪大了眼睛，帶著點恐懼。

「因為，」學長指了指遠方一個點，「她就站在那裡看著我們。」

「啊——」我終於受不了了，掩住雙耳，「夠了！夠了！夠了！」

「小美！」學長握住了我的手腕。

「她到底想幹嘛？學長！你幫我問問她！」我氣得放下了手，「她為什麼偏要找我麻煩，為什麼找……我……為什麼是我？」

「妳也感覺到了吧？我故意走來這裡，發現她真的在看妳。」學長跟小珍不一樣的地方，就是他沒有小珍那種恐懼的神情，「加上事情發生的種種，她好像是針對妳，還不是只針對

1501。」

「又不是我殺了她！」我滿腹怨懟。

「這個我目前還不確定，不過也別確定比較好。」學長竟然朝著那個點擺了擺手，像是道再見一般，拉著我往前走，「妳明天早上就退宿，趁太陽下山之前搬離宿舍。」

「你跟她說再見嗎？」我眉頭揪成一團，先問我的疑點。

「是啊，做人要有禮貌，她也跟我頷首了。」學長的從容讓我無法接受，怎麼跟小珍南轅北轍啊！

「學長！她是……她在找我麻煩耶！你幹嘛還跟她打什麼招呼！」我跳了起來，「她把我的生活搞得雞犬不寧……」

「所以我叫妳快搬走啊！」

「我……我會搬啊！大家都說要搬了！」我一時為之語塞，我突然發現小珍還比較好懂！「本來說明天就要退宿的。」

「最好是速戰速決，她敢搞這種事端出來，就表示事情只會越演越烈！妳趁白天快點搬走，她就沒轍了。」

「真的嗎？她不會跟過來喔？」

「她離不開那間浴室的，她是自殺的人，那間浴室是禁錮她的地方。」學長說起這種事情也頭頭是道，一副專家中的專家的模樣，「所以妳離開就好了。」

「喔……舍監她們不相信我說的話，所以我們搬走還得想原因……」我突然想到了什麼，「咦，那我們搬走之後呢？那間宿舍不就空下來了？」

「放心好了，我記得候補名單有兩張 A4 長。」

「你是說，我們搬走後……還有人會住進去？」我不由得停下了腳步。

「沒錯，有人應該迫不及待吧？」學長聳了聳肩，「我想妳暫時跟班上同學一起住，我樓上有一間沒人住，我幫妳問房東。」

「不是啦，學長！問題不是這個！」我打斷了他的關心，「那搬進去的人怎麼辦？如果那個學姊是針對 1501 室的話……」

學長也沉默下來，他搖了搖頭，無奈的笑了笑。

「人各有命，我們管不了那麼多。」

「不……不該是這樣！我不能明知那裡有問題，還讓別人去住！」萬一出了事怎麼辦？萬一下一次鬧出人命來怎麼辦？

「那妳要怎麼做？妳願意住在那邊嗎？住一整年嗎？」

「她……學姊她傷不了我！」我緊張的抓住學長的衣襟，「她傷不了我才找小珍的麻煩，你說過我的守護靈很強、磁場也強、我的八字快七兩——」

「妳在胡說八道些什麼！妳要去挑戰那個東西嗎？」學長蹙起了眉，不高興的反握住我的手。

「可是我們不能明知會出事，還讓別人住進去！至少我還沒那麼怕，我可以跟她搏一搏！」我不知道哪來的勇氣，說出這種荒唐事。

可偏偏我不是神經錯亂或是瘋了，我內心非常非常的確定，與其讓可能受傷的人去面對學姊，不如由我來！

「小美！」

「學長，小珍攻擊我的時候，並不是夢遊對不對？」我回憶著那個畫面。

「她……應該是被附身。」學長再度端出專家級口吻，「她是被召喚進去，然後再被附身的。」

「小珍那時本來要攻擊我的，但是她被彈開了。」我從頸子間拿出那個符包，「我不知道是這個的作用，還是我親愛的家人——總而言之，她動不了我。」

「陳小美……」學長發現多說無益，開始垂下雙肩。

「如果是喜妙學姊住進 1501 怎麼辦？你要將心比心啊！」我噘起了嘴，祭出學長的女朋友。

「……OK，我說不過妳。」學長舉起雙手投降，「那妳想怎麼辦？」

「嗯……你是專家，你說呢？」我賴皮的吐了吐舌。

「妳喲，什麼事都沒經過大腦就做！」學長用力戳了戳我的太陽穴，「連譜都沒有就想找人家挑戰！」

「哎喲喂呀……」我可憐兮兮的告饒。

「先去我家！這件事得速戰速決！」學長做了決定，我們立刻回身往反方向走去。

此時天越來越亮了，經過一館時，我特地往五樓陽台望去。

「我還是什麼都看不到。」我嘆了一口氣，要不然我想對學姊比中指。

「天亮了，她躲進去了。」

「喔……那學長，你家在哪裡啊？」我只知道是個什麼宮……

「台南。」

「喔……」我頓時叫了起來，「台、台南！」

「去不去？」

「去……去就去……」我自己提出來的，我哪能反駁嘛！

而且跟學長一起旅行耶！這種機會實在太難得了！

我們決定立刻出發，皮夾我帶在身上，所以萬事算是俱備，先由學長載我回他宿舍，他準備好東西我們立刻就翹課下台南。

經過宿舍門口時，我透過玻璃門往裡面瞥了一眼，那時看到的是女教官急急忙忙的跑近櫃台，舍監將話筒遞給了她。

我沒有在意這一個小舉動，只顧著跟在學長身邊走著。

四個小時後，我才知道那通電話傳來的噩耗。

近中午的時候我們抵達台南，學長在後火車站租了部機車，先帶我去吃武聖廟的肉圓，再牛飲大杯的冬瓜茶。

緊接著我們就回學長家，那是個快跟廟一樣大的地方，上頭寫著「萬應宮」。

「哇……學長，那個超誇張的是你家喔！」我下了摩托車，瞠目結舌的看著那座廟。

「對！我停車，妳先進去躲太陽。」學長邊說，邊騎到前頭停車。

我好奇的走了進去，除了慣有的焚香空氣汙染外，裡頭還坐了一個年約五十多的長者，他靜靜的坐在桌邊，眼戴墨鏡，從他的動作看起來，好像是個盲人。

「小姐。」背對著我的他竟出了聲，「妳有劫難！」

「咦？」我嚇了一跳，我都沒出聲，這個人竟然知道有人進來了，還知道我是個女的！

「說吧，有緣才會進此門。」長者轉了過來，摸索著桌緣，緩緩站了起身。

「我……我撞鬼了。」這個人是學長的爸爸嗎？還是親戚？「我有同學已經被嚇得歇斯底里了……」

「啊……我想也是……我只是站在這裡，就能感受到妳全身上下的陰氣有多重！」

「瞎米？！」我身上有陰氣？

「對方相當厲害，妳上輩子欠她的債，她要妳這輩子還清！」長者邊說邊繞著我轉，「這是妳生命中的大劫數，要是不小心，還會有血光之災！」

「喔……」我有欠學姊什麼債嗎？

「加上妳命不好，八字輕、流年差，妳今年恐怕相當悽慘，輕則重傷、重則有生命之虞啊……」

「嗄？」先生，你開玩笑吧？我聽說六兩八算重喔！而且我還有一堆英年早逝的親戚當後盾耶！

「不過放心，遇到我是妳的福氣，這也是我們上輩子結的緣！」長者比了個請，「請坐，讓我來化妳的劫。」

「你要怎麼化我的劫啊？」我不敢坐下，站在原地，甚至想往後退。

「先看我們緣分夠不夠，只要足夠我就免費為妳消災解厄，要是不夠的話……只得從這輩子修了。」

「修？修什麼？」敢情這種事也有學分要修啊？

「小姐，妳先告訴我妳的名字跟生辰八字，我好推一下命盤，然後我就能知道……」

「知道緣分一定不夠！」我身後突然跑進了學長，「叔叔，今天輪到你顧店喔？」

「……」只見長者一怔，往學長那兒看去，「阿昕？你不是才去學校？」

「有代誌啦！」學長拉了我往前走，「叔叔，我學妹！叫小美！」

「學妹喔！不早講！」那個叔叔摘下了眼鏡，裡面有一雙骨溜溜的眼睛，「害我在那邊演半天……」

有沒有搞錯……學長家裡是經營什麼啊？這根本是神棍騙子吧？

「他剛剛說我有劫數，還說我八字輕……」我沒好氣的嘟起嘴。

「噯呀，尋常人家靠我叔叔就夠了，大家只是來求平安而已。」學長爽朗的笑了起來，「叔叔，阿蓮在嗎？」

「在啊，在裡面。」叔叔指了指旁邊的門，「出瞎米代誌，要找阿蓮？」

「是有點麻煩啦！」學長推了我往前走，「我們進去。」

我被學長推著往小門裡走，裡面只是個小走廊和尋常房間，不過佔地還滿大的，廚房那兒還開了兩桌麻將桌，幾個老人家轉過來衝著我們咧嘴而笑。

「學長，你家好怪……我還以為你叔叔很厲害咧！」

「他是很厲害啊，妳沒看過他裝乩童，簡直是一等一！」學長竟然豎起大拇指稱讚起來，「真正被附身都沒他那麼像！」

「學長……」我的信心正在瓦解當中。

「他沒遺傳到啦，之前我們家最厲害的是我阿公，不過現在出現了一等一的優秀份子喔！」

「你們這是家族企業喔？」還說得得意洋洋咧。

「算是吧，再怎麼差也都看得見！妳別看叔叔什麼能力都沒有，他第六感很強！」

「喔……」我一聽，覺得還是該多尊敬人家一點，「那現在最厲害的是誰？」

「就是阿蓮啊，她是……」餘音未落，我見到前面有個小影子直直衝了過來。

一個看起來三、五歲的女娃兒不知道從哪裡跳出來，直接往學長身上撲去。

「阿昕舅舅！」她身上還包著尿布，叼著奶嘴咧。

「阿蓮乖！有沒有想舅舅啊！」

阿蓮？這個吃奶的女娃是阿蓮？

「有啊，阿嬤跟我說你今天會回來喔！」阿蓮口齒不清的說著。

「真的喔！來，我們進去講！」學長抱著粉嫩可愛的小女娃，「小美，跟我走。」

再穿過兩個房間，我們終於來到一間……嬰兒房。

好，這跟我預期的差距太大，我以為好歹會有個很厲害的人士，佈置了一個神秘的神壇……絕對不會是一個包著幫寶適還叼著奶嘴的女娃兒，站在她的搖搖床裡……

「小美！」當我要坐上一張椅子上時，學長突然及時拉住了我，「不能坐，我阿嬤坐在那邊。」

「你阿嬤？」我狐疑的看著，這明明是一張空椅……「學長，你阿嬤該不會已經……」

我在頸子上一抹，希望學長懂我的意思。

「阿嬤一直待在家裡不走啦，一來保護這個家，二來跟大家也有個伴！」學長搬出另一張椅子給我，「現在也是她在照顧阿蓮啊！」

「喔……」我根本笑不出來，學長家比小珍更高段，讓我不知道該哭還是該笑。「這張椅子……不會是你阿公吧……」

「哈哈哈！我阿公出差去了啦，他還沒死！」學長把我壓下椅子坐定，抬頭對著阿蓮，「阿蓮，這是小美姊姊，要有禮貌喔！」

「姊姊！」那女娃兒用可愛的童音叫得我毛骨悚然。「姊姊好倒楣，抽到宿舍卻不能睡！」

喝！我嚇得跳了起來，緊握住學長的手。

進門到現在，我可沒聽過學長提過關於我的隻字片語吧！這小女娃是怎麼知道的？

「東西被拿走了，另一個大姊姊很生氣！要快點把東西還給她！」阿蓮邊說邊咬著奶嘴，一臉天真無邪的模樣，「一定要快喔！」

「什麼東西？」學長發問了。

「不知道，但是是很重要的東西，被人拿走了。」阿蓮突然用短短的手指指向我，「被姊姊拿走了。」

「我哪有！」我尖叫的反駁。

此時阿蓮像是被嚇到一般，把頭轉往另一邊，看起來快哭了；但是沒幾秒鐘，她對著空氣點了點頭，再度轉了回來。

「是被住在房間裡的人拿走了……系阿嬤共耶！」阿蓮指了指她身邊的空氣，「阿嬤共妳有福報，要趕快解決掉這件事，不然會有更多人受傷。」

「所以生氣的大姊姊是因為東西被拿走囉！」學長跟阿蓮重複著，「只要把東西還給大姊姊就沒事囉？」

「嗯！要快！那個大姊姊越來越生氣！」阿蓮一臉天真的警告著我們，「快點找到東西！」

我怎麼知道什麼東西？學姊生氣就是因為東西被拿走？我怎麼越聽越迷糊？她不是死好

幾年了，有什麼東西會在這麼多年後被拿走呢？無緣無故現在發火又是為什麼？

「小美，妳們有拿走什麼嗎？」

「哪有，我們才搬進宿舍，要也是搬東西進來，怎麼可能拿東西出去！」

「這就奇怪了……」學長沉吟起來。

「多拿個符包給小美！用她的八字去配，再拿來給阿蓮！」搖搖床裡的小女娃突然操起台語，「這不是妳的劫數啦，但是妳可以幫忙把這件事解決掉，就熱心一點，積點陰德！」

哇咧！這女娃怎麼操著老人家的聲音跟台語在講話啊！

「阿嬤！」學長竟然喜出望外的衝著小女娃笑。

阿……阿嬤？學長不是說他阿嬤早就往生了嗎？而且還在剛剛我本來要坐的那張椅子上……我打了個寒顫，突然覺得學長家真是強！

「姊姊有很多很多人保護喔！」下一秒，女娃又恢復稚嫩的童音，「十個人喔！」

「這麼多？」連學長都詫異的看著我。

「如果說死去的親人是守護靈的話，那我的爺爺奶奶外公外婆加上我媽……」我屈指一算……「嗯？九個人吧？」

「十個！」阿蓮肯定的指了指我右方大約一公尺處，「新來的，第十個姊姊。」

咦？新來的？我突然覺得不大舒服，順著阿蓮指的方向看去，我依舊什麼都看不到。

只是我覺得她用的詞讓我不大自在，明明只有九個親人，那第十個會是誰？

「阿昕！你回來了喔！」外頭走進一個灰色鬍子的長者，應該就是學長的阿公，「哇……怎麼這麼熱鬧！」

「阿公！」學長熱絡的笑了笑。

「女朋友喔？怎麼跟上次帶來那一個不一樣？」阿公打量著我，害我有點尷尬。

「學妹！學妹啦！」學長嘖了一聲。

「喔……這學妹厲害喔！命好又韌，運氣也讚，一生興旺福氣啦！」外公看了我四周一圈，「難得一屋子聚集了那麼多人！」

那麼多人？我左看右瞧，也只有我、學長、阿公跟那個詭異的「奶嘴神童」。

「喔，這個好新鮮！還習慣嗎？我們阿蓮不會對妳怎樣，不必怕！」阿公突然對空氣講話，也就是剛剛阿蓮指的方向，「阿蓮的光只對壞的惡靈有用，妳是好的守護靈，不必怕！」

「學長……」我無力的拉了他，「你阿公到底是在跟誰講話啊？」

「我道行沒那麼高，看不見！」學長聳了聳肩，朝向阿公，「阿公，你在跟誰講話啦！」

「啊你學妹的新守護靈啊！一個很年輕的美眉喔！」阿公瞇起眼，笑了笑，「真是可惜，這麼年輕說……」

剎那間，我覺得手腳竄起一陣寒冷。

新來的？年輕美眉？

在我來不及意識之前，我手機嗶嗶作響，一通簡訊進來。

當我看完那通簡訊之際，我的淚水爭先恐後的湧了出來，不在乎在別人家中，毫不節制的嚎啕大哭起來。

我的新守護靈，是小珍。

「不過她好像是自殺死的捏，雖然不是自願的，不過還是超渡一下比較好！」阿公朝向女娃，「老伴，叫阿蓮先不要超渡，她好像有遺願未了，要保護這個小學妹啦！」

「小美！小美！」學長緊緊抱著我，任我涕泗縱橫。

當天晚報，社會版一角出現了小珍的名字。

小珍被送到醫院後雙眼空洞無神，後來趁醫護人員沒注意時，竟然自十一樓縱身而下，當場死亡。

第五章・學姊的怒吼

小珍死了！小珍竟然就這樣死了！

我根本不能接受這樣的事實，Eva 連退宿單都還沒拿回來，人家都還沒動筆填寫，小珍就已經沒有了明天！

這才第一天、搬進我夢寐以求的宿舍第一天，我的室友就在人生的黃金時期香消玉殞！

「小美！妳冷靜一點！」

「這叫我怎麼冷靜得了？」我疾步向前走，「小珍死得太冤枉了！」

「等一下……我叫妳等等！」學長一把拉住了我，「妳不要這麼衝動！」

「這還不要衝動？我現在就想殺進去找那死鬼問清楚，她到底想怎樣！」我失聲尖叫著，站在宿舍門口。

「不要對死者不敬！」學長眉心緊蹙，不悅的喝斥我。

「我不需要對她尊敬！她在入住第一天就搗亂了我的生活、害死我的朋友，這有什麼需要尊敬的！」

我已經打定主意，我死都不搬，我等著看那個厲鬼想做些什麼事！

「妳不要因為一時衝動，再造成第二個小珍！」學長厲聲一吼，這句話讓我噤了聲。

第二個小珍……是啊，宿舍裡還有誰？還有 Eva 跟 Kitty 啊！雖然她們可能不在宿舍，但是隨時隨地都有可能會發生跟小珍一樣的事情。

我不能衝動，不能激怒該死一千遍的女鬼。

「冷靜一點了嗎？」學長溫聲的問。

我點了點頭，現在已經是晚上八點了，說不定那個厲鬼正站在五樓浴室的陽台上，偷聽我跟學長講話。

「符包戴著，不能拿下來，沒事別進去。」學長再給我一個紙袋，「這裡面的東西掛在床頭跟門邊，至少能保護另外兩個學妹。」

我下意識按住掛在我頸間的另一個平安符，那是依照我的八字去請的，而且還讓阿蓮那個小女娃親了一下！學長說這就是加持，給阿蓮加持過，就算是學姊也無法近身。

其他東西也都給阿蓮加持過，分別要給 Eva 跟 Kitty，如果學姊對 1501 有意見，我們就要把傷害降到最低。

「明天下午有空嗎？我們一起去找出關鍵所在。」

「明天早上就處理吧，拖越久就夜長夢多。」我心急如焚，巴不得趕緊著手進行調查這一切。

「別鬧，好好睡一覺。」學長疼惜般的摸了摸我頭，「無論如何，任何東西都碰不到妳，妳可以安心做個美夢。」

我點了頭，眷戀學長掌心的溫度。

「有事隨時 CALL 我。」

「嗯……學長，謝謝你。」我是衷心感謝著他，這一遭如果沒有他，我不知道後來會發生什麼事，也不知道該怎麼處理這種事。

「別跟我客套！」學長輕輕的笑了起來，「好啦，進去吧！」

「嗯！」我轉身走進宿舍，回首看了他，「學長，你也快回去休息吧。」

「我看著妳進去。」他笑得很淺，但是讓我怦然心動。

我走進宿舍，頻頻回首，學長真的就站在那兒目送我離去，一直到我轉了彎，見不到他為止。

我的心情無比沉重，腳步也舉步維艱，昨天才認識小珍，一切明明是那麼新鮮，我甚至還在思考著如何讓室友們和諧……轉眼間，這個問題已經不存在了。

回到宿舍，竟然有人在。

「學姊！」Kitty 一看到我進來，抬起紅腫的臉！

「妳們……怎麼會回來！」我真的嚇了一跳，照理說，這兩個應該早逃之夭夭才對。

「小珍學姊她……」Eva看起來也哭過了，「怎麼會發生這種事……我們一直打回宿舍，可是妳都沒接……害我們以為、以為……」

「我只是出去而已。」我坐到她們中間，擁抱住她們，「對不起，讓妳們擔心了。」

「嗚……到底怎麼了，學姊！到底怎麼回事！」Kitty撲向我，開始哭泣。

「這說來話長，不過首要之事，是妳們兩個通通離開宿舍。」

「咦？可是……」Eva擔憂的看著我，「那妳呢？」

「我不要緊。」也不怕！

「學姊……」

「應該都有地方睡吧？把東西帶齊，事情沒解決前誰都別回來！」我邊說，邊拿出學長給我的符，「把這兩個戴上，絕對不要離開身邊。」

Eva跟Kitty狐疑的看著那兩個符包，卻沒有遲疑太久，紛紛往頸子上套；然後她們開始整理行李，不管是書或是換洗衣物，我都希望她們暫時不要回到這裡。

「學姊，我同學那邊還有空位，要不要跟我們一起走？」Eva很熱心的幫我設想到了。

「不，我要留下來，把這一切搞清楚。」我堅定的看向牠們，「我不會讓小珍白死的。」

「學姊！那我們……」

「妳們別鬧，妳們應付不來的！」我微微一笑，笑這兩個傻學妹，「不過我倒是有事要請妳們幫個忙。」

「什麼事？」兩個學妹異口同聲，一臉赴湯蹈火、在所不辭的樣子。

「我想要知道自殺那位學姊的詳細情況，妳們可以幫我問到嗎？」

「可以！應該沒問題！」Kitty頗有自信，「我舅舅在學校當老師一二十年了！」

「太完美了！就這麼辦！我們用MSN聯絡，要回宿舍的話白天回來。」我再三交代，「六點，黃帝神宮的鐘一打，就不要靠近宿舍一步。」

「六點……」Kitty嚥了口口水。

「黃帝神宮是陰廟，早上六點收班，晚上六點放行，妳們小心為上。」這是學長說的，他說每次在買滷味跟鹽酥雞時，都有一堆好兄弟圍在那兒吱吱喳喳……

「好！聽清楚了！」兩個學妹用力點頭。

「那快走吧！」我率先往前走，拉開宿舍門，硬是瞪著浴室門口不放，「快走！」

兩個學妹戰戰兢兢的抓緊行李，往二館的方向快步走去，我站在門口，與空氣對瞪；我想現在的我，就像我初識小珍時一樣，她會恐懼的望著空氣，而我則是夾帶著怒意。

儘管我知道情緒越複雜越容易引起共鳴，但是我無法抑止這滿腔怒火！

「等我把東西還給妳，妳就等著道歉！」我跟神經病一樣，指著門口，「再怎麼道歉，也喚不回小珍！」

浴室門口剛好站著路人甲同學，她一臉呆愣的看著我。

「歹勢，不是說妳啦！」我這才尷尬的上前，「沒被嚇到吧！」

同學慘澹一笑，突然在我面前舉起一把亮麗如新的美工刀，跟著往頸子刺去！

哇呀呀——幹什麼啊！

我嚇得吆喝外頭的人們，一隻手連忙拉住同學要自殘的手，怎麼知道她力量大得嚇人，我幾乎就要拉不住了。

「有事好商量！沒必要這樣就結束生命吧！」我吃力的扯著她的手臂！

「快‧把‧東‧西‧還‧給‧我！」下一瞬間，我聽到了再熟悉不過的話語。

定神一瞧，我發現我竟然踏進了浴室！

倒抽了一口氣，我不由自主的看向那位要自殺的同學，她臉部猙獰、雙眼充血，原本要自殺的手竟然轉了方向，往我這裡刺過來了！

有沒有搞錯啊！我使勁的想抵擋她，靠上了牆，發現自己已經毫無退路！

剛剛我在外面大喊時，不是有一群同學聽到嗎？怎麼一個都沒有跑進來——該死！這裡不會又被封閉了吧！

我還在分神，頸子突然被一股力量掐住。

那位同學並沒有靠近我的身子，但是我卻動彈不得！

「唔……」我痛苦的仰高頸子。

「把我的東西還給我！」被附身的同學手握著刀子，惡狠狠的喊著，「小偷！誰也不准偷我的東西！」

「把話說……清……」我感覺到呼吸越來越痛苦，再下去我說不定就會被掐死！

在痛苦掙扎中，我突然瞧見一個白影從我面前掠過，那股箝制的力量跟著鬆開。

「咳……咳咳……」我好不容易吸到空氣，跪在地上拚命咳嗽。

緩緩抬首，我發現，我的四周都是一片白濛濛的影子，我看不出來那團東西是什麼，但是卻給我溫暖與安心的感覺。

大概是我最愛的家人，以及小珍吧！

不過我會希望你們考慮一下，下次可不可以早點出現？

被附身的同學站在那兒瞪著我，再度舉起美工刀。

「一天不還我東西，我就一天拉一個人走！」同學冷冷的說著，然後陰森森的狂笑起來，

「哈哈哈……哈哈哈哈哈……」

下一刻，她把刀子往頸子那兒刺了過去。

「住——手——」我不顧一切的衝上前，擋住那股刀勢！

『小美！不可以！』

有個瞬間，我覺得我好像聽見媽媽的聲音。

但我還是衝了過去，美工刀從我掌心刺了進去，我忍著痛，使勁用手肘把無辜的同學一肘擊暈！

我無力的撐住洗手台緣，一股清新的空氣突然流了進來，然後我側目，見到了跑進來的許多女孩。

「啊——怎麼了！」大家紛紛奔了過來，「同學！妳受傷了！」

「我還好……她呢？」我靠在洗手台上，看著被我敲暈的人。

眾人開始吱吱喳喳，教官跟舍監也衝了上來，我們四目相對，我都可以讀出教官她們無言的疑問——怎麼又是妳？

照這樣下去，我如果不趕快把東西還給學姊，我遲早會因為盯著這間浴室而搞到精疲力竭！精神崩潰！

我簡短的跟教官說她要自殺的事，我知道那不是該同學的本意，但是這樣說絕對比較好，反正她醒來後大概也不太記得這段過程；我注意著整間浴室裡的氛圍，既然我看不見那些東西，那我就必須提高自己的敏銳度。

像我剛剛大喊時，大家其實是有聽到的，但是當我進入浴室時，時間就改變了！

這裡的空氣流動比較慢、也比較窒悶，裡外的時間差，讓學姊有機會攻擊我，而外頭卻只過了幾秒鐘。

唉……我頭開始痛了！我的責任感再度攀升，我不能放下這些無辜的同學。

「學姊！」我走出浴室，聽見 Eva 的聲音。

「Eva？Kitty？」我差點沒跳起來，「妳們怎麼還在這裡？」

「我們聽見妳的叫聲……」Kitty 一臉擔憂。

「我拜託妳們，快點走！」我急急忙忙的把她們往外送，「我剛剛做了新決定，就是連回來都別回來，需要東西我幫妳們帶出去！」

因為萬一裡頭那傢伙隨便找個人附身，Eva 跟 Kitty 根本分不出來吧？

「等一下！1501 的同學！」不遠處的身後，傳來舍監的聲音。

我們一同回頭，舍監站在浴室裡，神色凝重的探出頭，招了招手叫我們過去。

真夠麻煩！我不耐煩又不得已的往回走，腦子裡開始編理由，我要怎麼樣才可以過她們這一關……

「不准外宿。」舍監劈頭就下了令，「妳們這一寢門禁十一點，十一點後一定要待在宿舍裡！」

「妳開玩笑的吧？」我不平的嚷了起來，「任誰都可以刷卡進出，了不起寄通知單回家啊！」

「不准就是不准！」舍監嚴肅的重申，「只要誰外宿了……」

舍監突然回過頭，瞥了一眼剛剛被附身，正被抬起的同學。

然後舍監咧開嘴，笑了。

我嚥了一口口水，緊握著雙拳，背上正滲著汗，我知道現在在我眼前的不是舍監，是那位學姊。

我瞭解到，只要她願意，她可以附在任何一位同學或師長的身上，可以造成更多更大的傷害。

不過……我低首點了點頭，我也注意到——學姊從來沒有離開過浴室！

大手一伸，我冷不防的握住舍監的手，把她拖出浴室外頭。

「啊——怎麼回事……怎……」舍監如大夢初醒般，嚇得尖叫，「我……咦？那位同學呢？」

「教官跟幾位同學把她送回房間了。」我趕緊接口，「他們從這個樓梯下去的，舍監快追上吧！」

「喔喔！好！」舍監看起來很疑惑，大概覺得自己有段記憶失去了吧？

我緊皺著眉頭，不得已把 Eva 跟 Kitty 送回寢室。

回到寢室後我先用衛生紙按壓住掌心的傷口，傷口很痛，血流如注，但是我擔心的不是這個，我擔心的是我在浴室裡流了血，會不會有不好的事情發生。

「學姊？剛剛怎麼回事？總覺得舍監好怪……」敏銳的 Kitty 還是感受到了，「為什麼不讓我們外宿。」

「剛剛那個……」我欲言又止，不知道該不該繼續嚇她們。

「剛剛那個不是舍監吧？」Eva 戰戰兢兢的接了話，「我覺得她像在威脅我們！」

唉……連 Eva 都感覺到了，我實在也沒什麼好瞞她們的。

「剛剛學姊附身在舍監身上，威脅我們不能逃，必須乖乖待在這裡，不然她會傷害很多無辜的人。」我動手把一些符咒發給她們，「現在我們同坐一條船了，一定要同舟共濟，把這件事解決掉！」

「嗚嗚……為什麼……好可怕！」Kitty 比較纖細，即使她想接受，但還是恐懼不已。

「裡面那個學姊說，她有東西被拿走了，她要我們還給她。」我簡單的把重點托出，「我們只要奉還那個東西，應該就沒事了。」

「我沒拿啊！」Eva 連叫聲都帶著哽咽。

「我也沒有！」Kitty 則是泣不成聲。

「我也是，我覺得小珍更不可能！我現在還搞不懂，她為什麼專挑我們！」應該跟我去她那一間洗澡沒關係吧？「但是竟然挑了我們，那我們得把責任扛下！」

Eva 跟 Kitty 悶不吭聲，我相信她們一定覺得自己很無辜。

我又何嘗不是？不過我一直很介意學長說的，學姊一直看著我這件事，我又沒有拿，為什麼專找我？而且從異樣發生開始，她幾乎就很常針對我！

針對一個八字重又看不見的人？這學姊就算當鬼也該聰明點吧？

「女人真可怕，為了一個東西被拿走，就抓狂成這樣！」我喃喃抱怨著。

「應該是很重要的東西吧！」Kitty 怯怯的出了聲，「說不定是她愛人給她的！」

「對呀，聽說那個學姊是為情自殺的！」Eva 突然一怔，「該不會她有什麼遺物一直遺留在人間，結果被人取走了吧？」

「嗯……明天開始，我們分頭去把這位學姊的來歷弄清楚！我說的是真實去查證，而不是道聽塗說喔！」傳說不知經過幾輪了，總會失真。

Kitty 用力點著頭，我知道她有門路，更知道她巴不得快點脫離這種生活。

「好，那我們放輕鬆，大家一起去二館洗澡。」我佯裝自然的彎下身子，準備洗澡工具，

「大家一起去吧！」

說我不害怕是騙人的，但是我不能讓害怕的情緒影響到我，我知道自己有很多事要做，更有責任要擔，不管這個是不是屬於我的職責，我只知道，不能讓小珍白死。

更不能讓無辜的同學受到牽累。

既然只剩下我能夠面對學姊，那我就只好正面面對她。

我們先把符紙貼在床上、門上及窗戶上，所有的進出口都牢牢黏上了符紙，然後我們三人一同抱著臉盆出了宿舍房間，我照慣例回頭瞥了浴室一眼，雖然我什麼都看不見，但是我卻依稀能夠感受到，我背上有一股灼熱的視線。

一直看著我……一直看著我。

第六章・失落的東西

隔天一早，我便精神奕奕的翹掉所有的課，跑去跟學長會合，臨走前順便把 Eva 她們挖起來，要她們速速離開！

大概是學長家的「娃娃神咒」厲害，我們每一個都睡得非常舒服，一點失眠的狀況都沒有。

我跟學長直接去找舍監問學姊的事，結果這是一大失策，因為舍監完全搬出政客最基本的三不政策：「不知道、不能說、不要問我！」任我跟學長怎麼哀求都求不出答案，最後只好作罷。

我們只好前往圖書館，希望從報章雜誌中尋得一點蛛絲馬跡，畢竟有學生自殺，應該不可能沒有報導。

推算一下年代，我搜尋重要字串，發現大概是年代比較久，電腦那時還沒有很發達，這部分的資料並沒有非常充足。

最後我們乾脆跑去教官室，那兒有一堆「德高望重」的教官們，這種學生自殺的事情，應該不太容易忘記。

「你們問這個幹什麼？」

這幾乎是每一位回話的開頭。

「教官，當然是有事啊！」我焦急的問著隸屬本系的李教官，「我記得曾經有個學姊在宿舍自殺，是割腕又刎頸的！」

「咳！李教官！」學長一把把我拉到後面去，「是這樣的，我們在研究一份自殺的報告，我們想要瞭解一下校內自殺的案件與原由，並且配合宣導不該輕生的活動。」

哇靠！學長怎麼那麼強？說謊也不打草稿，還如此從容自若！

「哦……原來如此。」李教官點了點頭，「唉，學校自殺的事是不多，只不過你們說的那個案子……」

「嗯？」學長專業的拿出筆記本，還按下錄音鍵，完全一副要做報告的樣子！

「那個女生很乖巧、很漂亮的，沒想到情關過不了……」李教官嘆了一口氣，「沒想到她竟然會被騙……」

「我記得是被男孩子欺騙，對方好像腳踏兩條船。」學長再度以專業的口吻說著。

「對啊，偏偏搞半天，她是第三者！」李教官坐了下來，摘下眼鏡，「本來說好畢業就要結婚，最後是那個男的跟別人畢業後要結婚！你說，那女孩會不氣嗎？」

可我就沒感受到學姊氣那個騙子，她比較介意她的什麼東西！

「那個男的是誰？同學嗎？」學長又追問。

問到這個，李教官愣了一下，他皺起灰眉，以十分凝重的態度面對這個問題。

怎麼看，都覺得他好像不願意回答這個問題。

「李教官！中午了，去吃飯吧！」門外走進另一個教官。

「喔！」李教官嚇了一跳，倉皇的看向他，「吃飯……吃飯！我要去吃飯了！」

「那教官——最後一個問題！」我飛快的攔住了他，「那個學姊叫什麼名字？」

李教官又是一怔，臉上冒著冷汗，他更加遲疑的看著我跟學長，然後緩緩的往在等他的教官那兒看去；等他的教官覺得有點奇怪，也狐疑著要走過來，一副我們在找李教官麻煩似的。

「拿去！」李教官在便條紙上順手寫了幾個字，塞進我掌心裡。

「謝謝教官！」我開心的接過，緊握著紙條。

「怎麼？學生在問什麼？」我聽見另一個教官的尾音。

「沒什麼……沒什麼……」李教官敷衍的帶過。

我跟學長喜出望外的拿著紙條衝出教官室，打開一瞧，浴血的學姊，終於有了一個名字。

徐怡甄。

Kitty那邊也傳來捷報，她舅舅記得可清楚了，因為徐怡甄當時有修他的課。

正如李教官所說，徐怡甄是一個非常恬靜的女孩，平時不大與人打交道，功課優異，獨來獨往；她自殺的消息傳出來，震驚了當時的校園與社會，因為她被發現時非常的慘。

據說是屍體或是頭髮堵住了出水孔，而蓮蓬頭的水不停的沖，一直到血水溢出了洗澡間，流了整間浴室，才被人發現。

打開洗澡間時，他們只記得她那雙充滿不甘的雙眼，瞠目瞪著世間一切。

最可怕的是，徐怡甄是先割腕再刎頸的，她將刀子緊緊綁在置衣架上，冷靜且殘忍的了結自己的一生。

據解剖報告指出，她頸子的開口很深、而左右手的韌帶被割斷，力道大得驚人……

這應該是巨大的恨意吧？割斷雙手韌帶與血管不但足以致死、甚至會痛不欲生，她非得要拚命刎頸嗎？

「找到了！徐怡甄！」學長抱著畢業紀念冊，攤上了桌。

學長的指頭指著清秀的女孩，我看著她的樣子，想起那天晚上，從鏡裡見到的模樣。

「就是她……」我無力的點了點頭。「我那天晚上見到的就是她！」

「嗯！人確定了，現在去找她當時可能比較好的朋友。」學長抱起畢業紀念冊，往影印機那裡去。「對了，小美，妳掌心幹嘛貼 OK 繃？受傷啦！」

我僵硬的看著學長的背影，內心在掙扎著，到底該不該說……該不該說……

「那個……」我咬著唇，不安的看向學長，像我犯了滔天大罪。

「怎樣？」學長熟練的把畢業紀念冊後面的通訊錄印了下來。

「我……昨天……在浴室裡割傷了手……」囁嚅著，我一字一字緩緩的說出來了。

「什麼！」電光石火間，畢業紀念冊竟然從學長手中滑出，摔上了地。

「噓——」

圖書館裡附近的同學吹出噓聲，學長卻瞪大了眼睛看著我。

下一刻，學長二話不說拖我進旁邊的無人討論室裡，力道大得掐得我好痛！

「妳在浴室裡流血？我告訴妳多少次，不要進那間浴室！」學長開口就是咆哮！

「我……我也不是故意的啊！她附身在別的同學身上，要讓那個女生自殺啊！」我也急了，回以吼叫，「難道我要眼睜睜看著她在我面前自殺嗎？我當然會去擋啊！」

「妳……我不知道怎麼說妳！」學長氣得往牆上搥下去，「妳知不知道在那邊流血會出什麼事！」

「會……就會痛啊！」我怎麼知道會出什麼事！

「妳……哎呀！」學長一臉怒不可遏的樣子，幾度欲言又止。

我滿腹委屈的看著他，我又不是故意的！難道他希望我見死不救嗎？我甚至還沒跟他說，徐怡甄連舍監的身都附耶！還勒令我們 1501 任何一個人都不能外宿，否則就要再拿學生的命開刀！

我絞著衣角，不大想面對學長，便開門出去先把那本無辜的畢業紀念冊撿起來。

我翻到徐怡甄那一頁，照片裡的她靜靜的微笑，我實在搞不懂，我上輩子是不是欠她的？為什麼這輩子會搞這種飛機？

突然間，一陣天旋地轉，我覺得我雙腳彷彿離了地！

學長！學長！怎麼回事！我連叫都叫不出聲，我看著眼前的照片，照片裡的徐怡甄突然露齒笑了起來！

「小美！」

學長一聲呼喚，把我從大際拉了回來，我感覺重重的摔了下來，回到了紮實的地面！

「學長……」我愣然的看著他，也看著他一手壓住的畢業紀念冊。

「這就是流血後會發生的事情。」學長緊鎖濃眉，凝視著我，「她已經不需要再畏懼妳了。」

學長這句話，比判我死刑還讓我痛苦與錯愕。

兩天前，我因為八字夠重與守護靈環繞，所以徐怡甄近不了我的身，連附身在人類身上也動不了我；兩天後，只因為我在浴室裡流了幾滴血，她就不需要再怕我了？

「妳在禁地中流血，妳覺得呢？她吸收了妳的血，還需要怕妳嗎？」學長用外星語言跟我解釋這一連串事件，「反正妳現在必須非常小心，不要碰觸到任何有關她的人、事、物！」

「後面那句我聽得懂……」我覺得體力好像被抽走一大半似的無力與虛脫。「可是為什麼我剛剛會……」

「她想拉妳的靈魂走……我不知道她想幹嘛。」學長好整以暇的把畢業紀念冊放回架子上，「我看妳今天晚上起，都跟我住好了。」

「不、不行啦！」可恨的徐怡甄，妳害我的福利少掉了一大樣！「徐怡甄那天附身在舍監身上，威脅我們如果外宿，就要再讓學生自殺！」

「什麼？小美！這種事麻煩以後立．刻用手機通知我好嗎？妳竟然拖到現在才講？」

我不是很瞭解狀況，但是我從學長的態度看出來，我好像闖了大禍了！問題是昨晚發生都發生了，告訴他也沒用啊！

「對死者保持敬重，她需要妳幫忙，才會留下妳。」學長語重心長的跟我交代，「阿蓮的護符還是有效，至少她不能致妳於死。」

「……這真是好消息……」我更無力了。

「我把通訊錄分四等份，大家開始聯絡，我們要知道徐怡甄的男友是誰、還有她有什麼很重要的東西！」學長把三份通訊錄遞給了我，「趕快把事情解決掉，以免夜長夢多。」

「真是麻煩……她為什麼不乾脆把東西講清楚呢！」我厭煩得很！除了講把東西還給我外，她會不會講別的話啊！

「說不定她講不得，自殺的人有些禁忌。」學長冷冷一笑，他那抹笑讓我覺得毛骨悚然。

不過我很快想起小珍，她也是自殺的，雖說不是自願，但是她有什麼禁忌嗎？

「我下午這堂課非上不可，妳趕快先開始聯絡。」學長拍了拍我，「有事……」

「CALL你。」我都會背了。

學長笑了一下，便往商館走去，我握著手上那份通訊錄，想著要一一打給這些學姊們，不知道開頭該講什麼。

我現在心中想著很可怕的事情，我想著我在浴室裡流的血，真的被徐怡甄吸收了嗎？她再也不必畏懼我與生俱來的優勢，而可以任意的傷害我了嗎？

就連透過照片，她也能嘗試著把我帶走。

但是……我突然想到了什麼，握緊通訊錄，直直往宿舍裡跑。

如果是這樣，表示徐怡甄有話要說嗎？

我回到宿舍，把通訊錄放在桌上，還分別留下了字條，希望 Eva 她們回來能看見；接著我喝了一大杯水，做了一個很長很長的深呼吸，再度來到浴室門口。

下午一點的浴室，保證是罕有人煙，並且常常空無一人的。

「徐怡甄學姊。」我大膽的喊出她的名字，「我很想幫助妳，也想幫妳找回那個東西，但是我需要妳的幫忙。」

浴室裡沒有回應，只有徐徐的風吹過。

「我要知道妳究竟丟了什麼東西，如果妳願意的話——」

咿——

面對著我，第一間洗澡間的那扇門，開了。

不要怕！小美！我這樣告訴自己，事情走到這個地步了，與其浪費時間犧牲無辜的人，不如直接問當事者比較快。

我知道這是很冒險的事，不過我都已經見紅了，也沒什麼好避諱了吧！

我一腳踏進浴室裡，又是一陣天旋地轉，空氣變得窒悶難受，我暈眩到腳都站不穩，不得不扶著洗手台的邊緣。

我痛苦的搖著頭，眨了好幾次眼，跪在地上喘息。

當我定下心神時，卻發現我眼前的浴室有一點不一樣。

陽光不見了，外頭彷彿是深夜般的漆黑，我扶著的洗手台磁磚，有好些裂縫都不見了，看起來嶄新許多；而上頭的水龍頭也是，沒有那麼的破舊……基本上造型根本不一樣，是早期水龍頭的形狀。

燈光更加昏黃，四周一片靜寂，我一個人跪坐在浴室地板，只聽見自己的心跳聲。

突然間，門口走進了一抹紅色的身影。

徐怡甄！

我倏地站了起身，卻發現說不出話來！

徐怡甄穿著紅色的洋裝，手上真的拿著一把水果刀，緩步的往第一間洗澡間去。

我看著她拉開門，優雅的走進去，然後關上門。

不！不行！我吃力的站起身，緊張的衝過去，我不知道我在想什麼，但是我並不希望她自殺！

當我手指碰觸到門把的那一剎那，我發現我穿過去了！

那是個很噁心的感覺，彷彿有人把什麼東西硬塞進我腦子跟身體裡一樣，我感到反胃、想吐，然後聽到了蓮蓬頭的水聲。

徐怡甄此時此刻活生生的站在我面前。

我們兩個人就擠在一間小小的洗澡間裡，幾乎是大眼瞪小眼的距離。

但是徐怡甄並沒有看到我，相反地，她一再的穿透我的身子、我的臉、我的頭……給我一陣又一陣噁心的感覺。

我想喊叫，但依然喊不出聲音。

我就這麼瞧著她站在蓮蓬頭下，淋濕了一身，她的臉色平靜得無以復加，只是柳眉緊蹙著，讓我看不出來是否正在哭泣。

她以水果刀割下一綹長髮，再把刀插在置衣架的鐵絲空隙，然後用那綹頭髮充當繩子，把刀子牢牢的給綁著，讓刀刃向外。

然後她深吸了一口氣，把剩下的那頭長髮全握了起來，塞進嘴巴裡咬住，靈巧的取下頸間的一條銀色鍊子。她小心翼翼的將鍊子繞著手指頭一圈圈收起，掛上置衣架後突出的鐵鉤。

下一刻，她連遲疑都沒有，就用力將雙手往刀刃處一抬、一劃，血頓時噴出一道圓弧，雙腕間裂了好大的縫，我發誓我看見了被切斷的韌帶與肌肉！

我失聲尖叫。

我的姿態像是在尖叫，但依舊沒有聲音！但是我面前的徐怡甄呢？她痛得緊閉上雙眸，尖叫聲不絕於耳，卻淹沒在她咬著的頭髮裡。

鮮血如注，從她的雙腕間拚命流出，她卻僅僅停留了幾秒鐘，側了頭，往水果刀衝了過去。

天哪！天哪——哪裡生出這麼大的仇恨啊！為什麼要如此傷害自己呢！為什麼！人生明明那麼的長，為什麼要為了愛情而犧牲！

我跟著哭了出來，我的情緒彷彿與徐怡甄重疊一般，內心湧出絕望的傷悲，無法止息！

啪的，沾滿水與血，黏濕的手抓住了我的腳踝。

「我的……」扭曲般、塞在洗澡間的徐怡甄，瞪大了眼睛向上看著我，「我的……」

砰！砰砰……

聲響突地傳進我耳裡，亮眼的光線也點亮整個室內，風從我頰畔掠過，連髮絲也輕輕飄動著。

水不見了，扭曲著的徐怡甄也不見了，我面前的門隨風砰砰砰的擺盪著，發出聲響。

我，站在洗澡間裡。

我不知道自己是怎麼走過來的，但是我人就站在裡面，剛剛看著徐怡甄自殺的位置。

我知道自己回到了現實，因為外頭走進了人聲。

「學姊……」我喃喃唸著，環顧著這一方天地，徐怡甄臨死前的景物。

我把陳舊的置衣架翻了起來，果然這個置衣架並沒有釘牢，而且後頭也的的確確有個突起來的鐵絲！

但是這裡，沒有掛著學姊臨死前的項鍊！

「項鍊！是項鍊吧！」我自言自語唸著，「是……他送給妳的項鍊嗎？」

風莫名其妙的刮進洗澡間裡，我彷彿聽到她的哀鳴與悲泣。

「我知道了！謝謝學姊！」我跨出洗澡間，畢恭畢敬的對著門行了禮。

再也沒有什麼怪事發生，我離開浴室時，對學姊心中充滿了同情與憐惜；雖然我依然無法原諒她對小珍的所作所為，但是我覺得她好可憐。

學姊她給我看了當年她自殺前的情景，我算是唯一目擊者，我記得學姊把項鍊纏成很小很小，掛在後面的話，根本不會有人發現。

或許歷經時代變遷，都沒有人察覺，直到某一個人看到了，進而拿走了它！

是誰拿走的呢？一定是最近發生的事，所以學姊才會在最近抓狂！而項鍊長什麼樣子呢？剛剛自始至終我都沒瞧見那條鍊子長怎樣啊！

『陳小美同學，陳小美同學，聽到廣播，請即刻到教官室來！請即刻到教官室來！』

宿舍裡突然廣播著我的名字。

嗯？教官找我做什麼？該不會是有更重要的線索吧？

我衝回房間拿過手機跟專業用的筆記本，趕緊三步併作兩步，就要往教官室衝！

學姊，放心！我一定幫妳找到！臨出門前，我不忘對浴室門口眨個眼，比了個大拇指。

雖然不知道學姊能不能接受我的心意，我還是只有盡力而為了。

第七章・倒數

當我踏進教官室時，發現 Eva 跟 Kitty 竟然也都在，再往裡頭瞥了眼，不只李教官在，中午叫他吃飯的那個教官在，還有另外兩個不認識的教官，以及警察……

我開始後悔了，與其花時間在這裡，不如努力把學姊的怒氣擺平比較重要，我相信小珍也是這麼想的。

「陳同學！」李教官臉色凝重的走了過來，「別怕，他們只是要問一些問題。」

Eva 跟 Kitty 臉色蒼白的看著我，她們一人被一個教官與警察帶走，看起來是要分開問話似的。

不行啊！要是誰把學姊啦、鬼啦、符咒啦這些「怪力亂神」的事情扯出來，事情就會沒完沒了了！

大人們總是只會相信自己，平日對這種事情又敬又怕，但是每當真的有人說出來，還是沒有人會相信的！

他們相信的，只有平安無事跟不要找他們麻煩而已！

「你們要問郭怡珍的事嗎？我們跟郭同學又不熟！」我趁著她們被帶走前，扯開嗓子喊，「才第一天耶！誰認識她啊！」

說也奇怪，也才第一天，我卻能感覺到我跟小珍的緣分似乎比一千年還要深。

門外傳來一陣暖風，好像是小珍也同意我的話似的。

Eva 跟 Kitty 嚇得回首，我也轉過去看向她們。

「我連跟這兩個都不熟，你們要問什麼？」我咕噥起來，一臉不耐煩的樣子，「我現在煩都煩死了，第一天就有室友發瘋兼自殺，我還要不要住啊！」

「可是，我聽宿舍的教官跟舍監說……」中午那個叫李教官去吃飯的人走了過來，「郭同學被送往醫院後，妳跟她們說，宿舍裡有……」

奇怪了！那時明明把我當瘋子看，怎麼這時候卻把這事講得跟真的一樣！

「隨口說說，我只是不想被問而已。」我敷衍著揮了揮手，「我還有事啦，我跟她真的不熟。」

我趁機又瞥了 Eva 她們一眼：「對不對！」

Eva 機靈，立刻點了點頭，Kitty 也順水推舟，看來大家都明白我的意思了！說什麼一概不知，學姊的事絕對不能扯出來。

警方跟李教官還是問了一些問題，我除了一問三不知外，再也沒做多餘的回答，所以很快就「放行」了。

「陳同學！」一個聲音喚住了我。

「嗯……教官？」又是李教官的朋友，「還有事嗎？」

「我是日文系的教官，張教官！」張教官看起來四十來歲，鬢角有些灰髮，但看起來挺性格的，「我有點事很好奇。」

「嗯？好奇什麼？」原來是小珍系上的教官啊……看來他也滿多事要忙的。

「關於妳說的……一館五樓的浴室有……」他沉吟了幾秒，「有好兄弟的事……」

「我說了，我隨口說的。」我有些心虛，急著逃離現場。

「或許……是真的？」張教官一步上前，扯著我的袖子往無人的角落走，「我是日文系的教官，我很瞭解郭同學在系上的名聲！」

喔……是啊，連英文系的 Eva 都知道她叫「日文珍」，小珍的專家能力好像在外語學院挺有名的！

「所以？」我眨了眨眼，裝無辜。

「所以是不是郭同學看見了什麼？」張教官很凝重的看著我，我發現他前額滲出了汗。

「一個學姊？紅衣服的學姊？」

我僵直著身子，我當然理解為什麼張教官會這樣問，也理解他知道徐學姊死前的衣著，畢竟她是在那裡自殺的；經手過的人、或是師長級人物，多半都會知道這件案子。

只是我不明白，為什麼張教官看起來這麼緊張？他掐得我的手臂好緊好痛，甚至微微顫抖著，像是在逼問我答案。

「我不……知道。」我還是繼續說著謊，「教官，我八字快七兩耶，怎麼看得到！」

「那郭同學有說什麼嗎？最後跟妳在一起的不是她嗎？」哇……張教官調查得還真清楚，其實這問每一個五樓的都知道，小珍的確是在浴室裡歇斯底里的。

「她說……有好幾個白影飄來飄去！還有人穿著古代的衣服！」我假裝很慎重、秘密的說著。

因為有直覺告訴我，我如果不說個什麼，張教官不會放開掐痛我的手。

「古代……」張教官果然鬆了手，「好多個……」

「我其實不信啦，我根本對這個沒興趣，只覺得郭同學在胡說八道！」小珍，對不起！讓我罵一下！「張教官，原來你相信她喔！」

「不……沒有……沒有！」張教官搖著頭，臉色開始從泛白到正常。

走廊上突然傳來疾跑聲，一個人影轉了過來，氣喘吁吁的左顧右盼，直到看向我這邊。

「小美！」是學長！「妳……」

「沒事了！謝謝妳的合作！」張教官忽地完全放開了我，還掛上一抹勉強的笑。

我快速的走向學長，學長倒是很狐疑的看著張教官，一邊瞄向我被掐疼的上手臂。

「我中間下課時聽見廣播，就知道有事！」

「來問小珍的事而已啦……」走遠後，我把袖子撩起來，「哇靠！痛死我了！」

我掀開袖子，上頭竟然真的有青紫的指痕！

「這是怎麼回事？剛剛那個教官掐的嗎？」學長怒眉一揚，一臉要幹架的樣子。

「對啊……別激動啦！我覺得那個張教官怪怪的！他問我是不是看到鬼、還追問我學姊是不是穿紅衣服耶！」

「嗯？」學長有些愕然，他也跟我一樣疑惑。

「先別探討這個，我有好消息要告訴你！」我露出一臉得意的笑，「我已經知道學姊要的東西是什麼了！」

我很興奮的訴說一切，甚至告訴學長我的最新體驗，我是如何的回到過去的時空，以旁觀者的角度看著事情發生的經過……不過我越說越冷，因為學長的臉色越來越鐵青……

「別罵！別罵！」我趕緊投降，「我是按照你說的，尊重死者，而且這也是學姊主動願意幫我忙的……」

「陳．小．美……」學長的眉頭完全連成一條線，「妳是不見棺材不掉淚嗎？」

「這是最快的方法嘛！」我轉了個圈，「而且不見我毫髮無傷嗎？」

「我實在很想把妳打暈，綁起來……」學長拳頭握得很緊，一臉想打人的模樣。

「學姊！」可愛的 Eva 及時解救了我，她跟 Kitty 從後頭追了上來！

我迅速離開學長面前，趕緊跑向 Eva 身邊，讓學長先舒口氣。

「學姊！不好了！不好了！」Kitty 上氣不接下氣的嚷著，「我跟妳說，今天晚上……很麻煩的！」

「……」我呆然的轉向 Eva，「請翻譯好嗎？」

「裡面那個學姊……是九月二十四日生的！」Eva 緊緊握著我的手。

「嗯？天秤座喔？」我還是搞不懂。

「今天二十三號！」學長緩步走向我們，「過了午夜，就是她二十年的冥誕。」

「喔……那我們……應該燒紙錢？還是上香？」我是在提議，雖然還是搞不懂學姊生日幹嘛那麼緊張？

「今天晚上，她的力量將會擴到最大，恐怕整間宿舍都會遭殃……」學長神色凝重，一點都不像在開玩笑，「她會想盡方法奪回她的東西……不擇手段……」

「學、學長……」我的心涼了半截，「陰間的人都這麼慶祝生日的嗎？」

「不是……跟妳這種絕緣體講話真累！」學長嘆了一口氣，又敲了我的頭，「因為有怨有恨，所以她的能力會在冥誕時刻擴展到最大，只要執念夠強，還能吸收這塊土地所有的陰魂，最後……就算她離開浴室也不是什麼大不了的事了！」

「離開……浴室……」Kitty 邊說，腳一軟就頹倒在地。

Eva 全身顫抖，但還是使力攙扶著 Kitty。

「我們只剩下……」我看著錶，下午四點整，「八個小時。」

一過午夜十二點，子時，就是學姊的冥誕了！

「不，恐怕不到八個小時。」學長是我們當中最平靜的人，「因為黃帝神宮晚上六點敲鐘放陰魂，學姊可以吸收他們，加上女生宿舍及浴室陰氣相當重，根本不需要等到十二點……」

沉默圍繞著我們，我看得出來，Kitty 都快暈倒了，Eva 也只是在強行忍耐，而我下意識握住學長的手，我說不上來心中的詭異感覺，我並不覺得特別害怕，我只急著能在時限前把事情完成。

「我們走吧！別再浪費時間了！」我邁開步伐，「敲鐘之前，我們還有兩個小時！」

「小美……」學長被我拉著往前走，「我們既然已經知道學姊要的是項鍊了，那就可以趕快去找這方面的線索。」

「項……項鍊？」Eva 突然出聲，「學姊，妳為什麼知道是項鍊？」

「因為這樣，所以那樣！我懶得解釋，反正就是一條項鍊！」我不耐煩的吆喝她們快走，

「快點走啦，別再耗了！」

Eva 拖著 Kitty 一起走，我們也想讓 Kitty 留下休息，但是我擔心一旦讓 Kitty 離開視線，她就會不回宿舍！即使徐學姊看起來好像有點溫柔，但還是不該冒不必要的險。

「學姊！等等！」Eva 邊走邊說著，「我們有看過照片！Kitty 的舅舅那邊有！」

「咦？」

「是畢業照！Kitty 的舅舅還放在桌墊下……那個學姊身上有戴一條項鍊……」

我沒等她說完，就推著她，讓她帶路！

我們一路死命的衝往老師研究室，剛好在門口撞上了 Kitty 的舅舅，連解釋都懶得開口，直接就殺了進去。

照片雖然被護貝，但是依舊微微泛了黃，早年的照片色澤並沒有很鮮豔，徐怡甄就站在最旁邊，恬靜的微笑著，眼神還帶著一點甜美。

我順手拿過中年人必備的放大鏡，仔細瞧著她頸子那條項鍊。

「看不大清楚啦！」我急了起來。

「用掃描的，再用程式放大！」還是 Eva 機靈，我們立刻著手。

Kitty 在外面打發了她舅舅，學長接了手機往外頭去，所有人都在跟時間賽跑，現在只求……鐘聲不要響起，時間能夠停留！

「看出來了！就是這條項鍊！」我興奮的大叫著！

徐怡甄頸子上是一條很普通的銀色鍊子，墜子是一個相當別致的十字架，一顆一顆方形的黑膽石鑲在其中，外頭用銀色的花邊鐵絲繞著整個十字架。

「滿漂亮的……學姊就是被拿走這條項鍊嗎？什麼時候被拿走的？」

「她當年自殺時，把鍊子捲了起來，掛在置衣架後面突出的鐵鉤，掛了十幾年，結果最近被拿走了。」我迅速含糊帶過，我不想跟 Eva 解釋我的「初體驗」。

「嗯……那……」Eva 看起來也不是很想問，此時此刻，太陽斜映在她臉上，從窗外照了進來。「現在我們要去哪裡找這條項鍊？」

Kitty 跟學長剛好走了進來，他們望著外頭漸漸日落的夕陽，面對 Eva 丟出來問題，我們沒有一個人能回答。

是啊，好不容易知道丟的是項鍊，問題是誰知道項鍊現在在哪裡啊！

「在妳們宿舍吧？」學長倒是說出了一個很好笑的答案。

「學長，別鬧了！我說真的！」我扯扯嘴角，在我們宿舍就雙手奉還了，有必要把事情搞到這麼累嗎？

「不然為什麼徐怡甄只針對妳們？」學長把玩著手機，「阿蓮剛打來，說要妳們小心，今晚會有血光之災。」

「……」學妹們倒抽一口氣，我瞪向學長，「非常謝謝你的加油打氣！」

「這是提醒，大家都要小心，護符都有帶嗎？」學長用非常專業的口吻問著。

Eva 她們把頸子裡的護符抽了出來。

「為什麼……為什麼是我們嘛！」Kitty 嗚咽一聲，終於再也受不了了。

是啊，為什麼針對我們？從開學第一天，搬進宿舍裡就這樣，徐怡甄一再的針對 1501 室，逼死小珍、附身在別的學生上控制她們自殺……又……

咦？我突然想到了那個包著尿布的阿蓮！

「是我們拿的！」我跟學長幾乎是異口同聲喊起來的！

「阿蓮說過，東西是我們拿的，所以學姊才一直找我們的麻煩！」我衝向學長。

「對！那時阿嬤也有跟我說，要妳們趕快物歸原主！」學長激動的握住我的手。

「可是……我們什麼也沒拿啊！」Eva 急得大喊著，「我可以發誓，我們沒拿啊！」

「不是我們！是之前住在 1501 的人！」我喜出望外的叫了起來，「學姊離不開浴室，她只能站在門口看著偷走她項鍊的人進去宿舍而已！」

一瞬間，我腦海裡浮現若有似無的畫面！

我跟小珍有說有笑的從二館踏進一館，我興奮莫名的尋找一號房，然後我看見前方左側走出一個非常時髦的女人，穿著細肩帶及迷你裙，頸子上掛了一條別致的十字架項鍊，婀娜的從我們身邊掠過……從 1501 出來……

「那個學姊！我那天說很辣的那個學姊！」我跳了起來，搖著 Eva，「什麼妳們英語系的花！」

「妳說學姊……她之前住在 1501……」Eva 被我搖得傻了似的，「她那天……」

「她就是回來拿項鍊的！」哭到一半的 Kitty 突然冒出了話，「我親眼看到她把放在衣櫃角落的夾鏈袋拿出來，裡面就是那條項鍊……然後她戴上才出去的！」

賓果！謎底總算是解開了！

徐怡甄心心念念的，只有那條她最恨也最愛的人……送給她的十字架項鍊而已！

掛在置衣架後十幾年，從來沒有人去翻動那只未釘牢的架子，直到那位正點學姊無意間發現如此別致的項鍊，所以把它佔為己有……

也讓徐怡甄瘋狂了！

「那個花現在在哪裡？」我立刻下了決定，事不宜遲，必須立刻拿回項鍊！

「學姊她……現在學分很少，又在當模特兒……」Eva 趕緊拿出手機，「等我！」

雖然時間一點一滴的流逝，但是我們心裡每一個人都非常踏實，至少找到了東西、也找到了偷兒，不再是瞎子摸象一般，找不到任何線索。

學長坐了下來，不知道為什麼很認真的看著那張照片，滑鼠滾輪移來移去，煞有其事。

「找到了！學姊現在……」Eva 神色難看的掛上電話，「在台南。」

「在台南？她沒事跑到台南幹嘛？」我尖叫起來，簡直要抓狂了！

「項鍊呢？也在台南嗎？」學長起了身，追問重點。

「嗯！學姊說她一直戴著。」

「別急，我叫阿公他們去拿！Eva，告訴我確切地點！」學長邊說，立刻拿起手機準備聯絡。

我得費盡力氣才能壓抑滿腔怒火，不知名的煩躁湧了上來，好像東西就在妳面前，伸了手卻拿不到般的無奈！

學長抄下地點，立刻跟南部的家人聯絡，然後把我們往研究室外推。

「回去吧！」他嚴肅的告誡著我們大家，「凡事小心為上，不要離開宿舍。」

「現在就回去？」Kitty 聲音虛弱。

「現在就回去，妳們兩個就待在房間裡別出來，窩在一起，把兩張床的符貼在同一張床上，加強力量。」學長拉過了我的手，「小美，妳就擔待點，保護一下大家。」

「我不能也窩在裡面嗎？」我皺起了眉，「不對啊，無緣無故我幹嘛要回去啊？」

「因為一旦鐘一敲，徐怡甄卻發現 1501 全逃光了，她會怎麼想？」

「……可能會氣炸。」我很認真的設身處地，就算我們不是逃掉，歇斯底里的女人應該不會管太多。

「所以，妳得回去，保護宿舍的人……能拖多久是多久。」學長抬起頭，遙望著遠方，「我阿公他們上來，最快也要四小時。」

我感覺到學長身體緊繃，他其實很緊張，他根本沒有義務面對這一切，但是卻被我拖下了水。

「對不起……我害到你了……」我難受的低下了頭。

「別這樣說，我可沒抱怨過。」學長推著我們往前繼續踏出步伐。

「那學長呢？你要去哪裡？」Eva 一臉憂心忡忡的看向了他。

「我有點事要辦……」學長說這句話時，臉上閃過一絲詭譎的神色。「如果我沒猜錯的話……」

「嗯？啥啊！」

「沒事！」學長一抹苦笑，我們終於來到了宿舍大門。「好啦，小姐們，得進去了。」

火紅的太陽掛在山坳間，我知道即使是盛夏，現在也已經逼近日落時分了！我們沒有人有勇氣舉起手腕看錶，只能看著彼此。

「那我們進去了。」我把 Eva 她們推在前頭，往裡頭走去。

「小美。」學長忽地叫住了我。

「嗯？」我發現自己手心流著汗，聲音有些低啞，還得佯裝自然。

「一定要撐下去！十二點之前，我一定把項鍊帶回來！」他堅定無比的說道。

「放心！有事……」我漸漸的連玩笑都開不起來了，「我會……CALL 你……」

學長沒有笑，他只是凝視著我。

我不打算再回頭，我現在只能往前走，不管眼前這棟宿舍究竟是安穩的睡處或是血腥的地獄，我都只能往前走，回到我的房間、我的床鋪，這個我暫時的家。

恐懼與緊張開始侵蝕著我的理智，現在的情況跟前幾天截然不同，之前每一次的突發狀況都是在我未能意料當中，或是壓根兒沒想到的當口發生的，而現在呢？

我已經知道會有悽慘可怕的事發生，卻提前坐在刀口等待這一切的發生。

我們幾乎把所有的符咒都貼在 Eva 的床四周，叫她們乖乖躲在裡面，而我爬上去把氣窗給鎖上，門上的符還加強的黏死它。

這動作花不了太多時間，接下來充斥在房裡的只有死寂……這稱不上是安靜或是沉默，這真的已經是死寂的地步。

我坐在下鋪，不過是坐在 Kitty 的床上，與縮在牆角的兩個學妹面對面，對面不是塞不下三個人，只是我想我暫時還不必要。

我的四周圍也有銅牆鐵壁，即使我已在禁地裡流了血，但是我有十個守護靈，他們會用誰也抵不過的親情守護著我。

爺爺奶奶、外公外婆、我最親愛的媽媽，還有未能熟識的小珍，我知道你們都在我身邊，我如果說我能感覺到你們是騙人的，但是我卻可以發誓，我知道你們愛我。

你們是何等的愛我啊……

噹——

不遠處，傳來黃帝神宮的鐘聲。

我睜開雙眼，火紅的夕照斜進我們的窗戶，白牆上像是染了一片血。

噹——噹——噹——噹——噹——

六點了！

第八章・歸還

我站在窗戶邊，往外望著，水源街上車水馬龍，眾多的學生都在買宵夜，把整條街塞得滿滿的。

或許空間塞滿了放出來的幽魂，跟著學子們討論要吃什麼、或是哪個老師怎麼樣……我突然還滿希望四周被看不見的好兄弟們圍繞，也比枯坐在這裡等事情發生好。

「十一點了……」悠悠轉醒的 Eva 開了口，「好像沒什麼事……」

「最好是！」照學長的說法，徐怡甄現在應該在吸收魍魎鬼魅才是。「我倒覺得她是在蓄積力量，等力量夠了，就一舉爆發……」

餘音未落，燈突然啪的暗了。

真好，我下次改行當算命的好了！

我一開始以為只有我們這間寢室又在別的空間斷電，結果卻聽見此起彼落的尖叫聲，我急忙的抄起手電筒衝出去，發現整棟宿舍——至少整個一館全部黑壓壓一片，電力完全中斷。

浴室裡傳來此起彼落的尖叫聲與詢問聲，我趕緊跑了進去。

「大家快出來！我這裡有手電筒！」我高聲呼喊著，現在還是有人在洗澡！

姑且不論宿舍是跳電還是徐怡甄搞鬼，我可千百個不願意製造這麼多「人質」給她！大家全走了出來，有人披著浴巾、有人慌亂中亂穿睡衣，循著我手電筒的燈朝門口走了過來。

「拿著吧！大家好有個照應！」我把手電筒交給她們，自己拿出另外一支備用的。說備用是好聽，充其量是一支冷光很強的手機。

轉眼間，我所處的浴室一片死寂，我正猶豫要不要乾脆跟徐怡甄說清楚，說我保證項鍊再一下下就會還給她……

我的手機該死的沒電了！

「有沒有搞錯！我昨天才充好的！」我氣得咒罵起來，握著手機想搖搖它。

……我搖不動。

不是因為我的手機很重，還是我手肘受傷……而是我面前彷彿有個人正緊緊握著我的手機，壓制住我的力量！

「學……姊？」我下意識的朝向我面前，那近在咫尺的地方。

電光石火間，我被不知名的力量打飛出去，本該飛出浴室大門的我，卻紮實的撞上了牆！

我順著牆滑了下來，背部因撞擊而暫時性麻痺，我只能維持頭腦的清醒！

接著一陣風拂過，我清楚的感受到我身邊的浴室大門砰的關了上。

「學姊……我有事要跟妳說！」我撫著發疼的背，摸著黑往前走。

浴室裡黑得很誇張，連點外面的餘光都沒有，別說伸手不見五指了，就算今天一個青面獠牙的厲鬼貼在我臉邊，我都看不見！

我本來想等待徐怡甄的回應，通常她都會有讓我知曉的聲響或是些……

「關於妳掉的東西……」

餘音未落，一股力量圈住我的身子，一路往左邊扯去，我差不多位在洗澡間中間的小走廊，咻的往外飛去，直到衝進陽台，撞上水泥牆為止。

真好！有回應了！但是我討厭這種回應！

我痛得哀叫，眼睛尚未適應這完全的黑暗，但是我知道我沒有權利暈倒、沒有時間猶豫，我必須趕快爬起來！

媽的！為什麼這麼黑啊！

我扶著牆壁爬起來，往外頭看去……除了黑暗，我什麼也看不見！

整個學校都停電了嗎？她的力量……讓整間學校都……

咻咻——一股壓力由後急促逼近，我背上寒毛直豎，再怎麼鈍我也知道有東西逼近！我嚇得立刻回首，一片白影倏地擋在我面前，也阻止了那莫名的壓力衝撞！

「學姊！徐怡甄學姊！」我大聲喊了出來，「我們已經找到項鍊了，一定會還給妳的！有人去拿了！」

我面對的還是只有徹頭徹尾的黑暗，還有死寂。

緊接著，外頭開始出現淒厲的尖叫聲！一陣一陣的傳來，未曾有歇止的情況，我慌張的聽著從一館到三館都不絕於耳的慘叫聲，無法理解徐怡甄究竟做了什麼事！

「學姊！學姊！」門砰的開了，我聽見 Kitty 的聲音，「外面好可怕！都是鬼！學姊！」

「學姊！外頭不管是誰都看得見那些可怕的鬼魂啊！」Eva 歇斯底里般的尖叫著，「整間宿舍都充滿了他們……我電話都打不出去……」

「Eva！出去！妳們都——」我高聲喊著，試圖把她們趕出浴室！

砰的一聲，我聽見了浴室大門令人心驚膽戰的關門聲。

同一時刻，燈，亮了起來。

浴室裡的燈一盞一盞的亮著，卻閃著昏黃的光線，空氣再度窒悶，我知道我們進入了學姊的世界。

「啊呀——啊呀呀呀——」我聽見 Kitty 的尖叫聲，顧不得痛，立刻順著小走道衝了出去。

「Kitty！」她站在門邊，對著空氣大喊，「妳怎麼了！」

「學姊！鬼！鬼啊——」Kitty指著我身後，那一塊空氣。

「Eva！抱住她！」很好，我回過頭N次，依然什麼也看不見。

『都來了……都來了……』空氣中還是傳來聲音，『我的東西呢？我的東西呢？』

「去拿了！東西不在學校！我們去拿了！」我活像個白痴，對著空氣狂喊。

面對不知名的怪物，最讓我難以控制情況啊！

『騙人！妳拿走了！妳拿走了！』那聲音變得暴怒，然後我再度被力量給衝擊。

這一次白霧們似乎來不及救我，我往洗手台上摔去，痛得我哀嚎！

我整個人栽進洗手台裡，趕緊撐起身子，痛楚自手上傳來，我看見血汩汩流出……

媽的！怎麼可以這時候流血啊！

偏偏血我收不回來，我再度被騰空舉起，重重摔回地面！

這一次我看清楚了……我吃力的看向前方，那站在通往陽台走廊上的身影……是個變肥的徐怡甄！

她的臉部已經塞滿了六個扭曲的臉孔，身上綠色青色的青筋竄動、膿血黏液佈滿全身，那頭該是烏黑亮麗的頭髮越長越長……越長越長……

我嚇得腦袋一片空白，動彈不得。

『還——給——我——』她六張扭曲的臉蛋同時嘶吼，頭一轉，那頭長髮立刻飛過來將我的身子纏繞，舉起，摔向洗澡間的門！

「不！」我聽見不知道誰的聲音，衝過來及時抱住了即將摔下來的我。

「……」我被人抱了住，減輕了阻力，感激脊椎沒摔斷，睜眼一瞧，竟然是最膽小的Kitty！

「妳沒事吧！」Kitty淚眼汪汪的問著，恐懼的朝向徐怡甄，「她沒拿！我們都沒拿！拿的是以前的學姊……去年第三個床位的人！」

15013，真好，就是我……該死的學長，不換床位的話，徐怡甄就不會認定是我，誰叫她站在浴室門口，只能從氣窗連成的一直線看到我！

她一定是看見偷拿的學姊開衣櫃、爬上上鋪，我也篤定那個學姊應該是搬出宿舍的最後一天拿的，才讓徐怡甄有氣沒處發，只能等到開學！

難怪徐怡甄一直針對我，小珍當初的疑點也在於這裡吧？為什麼其他人進浴室都沒事，而每次我進浴室，徐怡甄總是一而再、再而三的找我麻煩！

『女人的話怎麼能信？都是一群吃裡扒外的賤女人！』徐怡甄的聲音突然變成男人，等等……妳在演那齣啊？

『我就知道娶這個媳婦進來是剋我們家族！殺！殺死她們！』這會兒換成最上方

那個臉孔在說話。

該不會……徐怡甄吸收太多不知名的怨魂，結果變成怨靈綜合體了吧？別開玩笑了，一個徐怡甄就已經讓我快掛了，我哪有餘力處理路鬼甲乙丙丁啊！

「等一下……我只幫項鍊的事，其他的我無能為力喔！」我急切的做出聲明，「麻煩叫一下徐怡甄學姊好嗎？再一個小時，項鍊就可以還妳了！」

『殺——』

黑色的長髮再度捲至，我的身體卻傳來一股暖意，白色的霧影牢牢的籠罩了我。

是媽媽他們……我被定在原地，被溫暖且溫馨的感覺維護著。

但是我身邊的 Kitty 卻被捲住身子，直直往陽台遞了出去！我吃驚的回首，看著 Kitty 被捲在半空中，接近了曬衣竿，不知道哪來的長絲巾凌空打了個結，做了個圈套，就把 Kitty 的頸子套了進去。

「不——」Eva 尖叫著衝了過來，怎知徐怡甄另一半長髮輕輕一甩，她立刻被擊了出去，撞上浴室的門，暈死在地上。

「救 Kitty！快點啊！」我對著四周的親人呼喊著，「快點啊！」

我四周一點動靜也沒有，我可以感受到包圍我的暖意與數量完全沒有消失……媽媽他們必須耗費十個人的力量才能保護我嗎？沒有一個人願意移開我的身子，沒有人願意……

我看 Kitty 死命掙扎著，她的嘶叫越來越小聲，手腳的動作也越來越緩慢……

「救她！小珍！救她！」我哭了起來，「如果犧牲她而讓我得救，我一輩子都會良心不安的！」

我清楚的感受到我身後有股涼意，有人離開了，我看著單薄的白影衝向 Kitty，然後兩個……三個……我竟然漸漸的看得出白影是個人形……那好像是奶奶啊……

Kitty 被白影包圍著救了下來，卻已經昏迷似的，毫無動靜的癱軟在地。

我痛哭失聲，想爬過去探視 Kitty，卻突然再度被拖住了身子，跟拖囚犯般的直直往後拖，離 Kitty 越來越遠！

我開始跟被捕上岸的魚兒一樣，做垂死求生的掙扎，我卻無法抵抗拖走我的力量，直到我扳住自殺洗澡間對面那間的門緣，緊緊扣住。

學長呢？學長為什麼還不來！台南到台北就算很遠，你們也應該有加速的方法啊！

黑髮緊緊纏繞住我整個身子，最後啪啪的一撮撮繞上我的頸子。

用力一勒，我痛苦的鬆開雙手，感受著即將被掐斷的痛楚、扭斷的頸子！

我不能呼吸了！我拚命吸著氣、張大著嘴巴，卻連一絲空氣也進不來！

我的身體開始痛苦掙扎，四肢痙攣，我張牙舞爪的意圖從空中抓取氧氣，卻只是徒勞無功！

救命！救命啊……我吃力的往前看，面目猙獰的學姊依然對著我咆哮，那魔力的黑髮依舊環繞住我的全身、我的頸子……我的肺再也沒有空氣進來，我想起窒息而死的人的慘樣……

小美！小美！

空中又傳來媽媽的聲音。

白濛濛的影子又回來了！他們把我頸子間的黑髮逼退，我開始拚命大口的吸進帶著惡臭與混濁……但是對我而言非常需要的空氣！

儘管我身子依舊動彈不得，但是至少我能呼吸了！我頹廢的坐在地上，背靠著木板，看著我身前那些白影……不，此時此刻，我看到的是清清楚楚的輪廓！

「媽媽……外婆……」我看著我已逝的親人，還有……「小珍！」

徐怡甄咧到耳下的嘴笑了開，她越來越腫，彷彿吸進了無以計數的陰魂一般，連青色的皮膚都綻了開，裂口裡是青色的膿肉，她跟氣球一樣持續膨脹，持續變形。

接著她一轉頭，看向她自殺的那一間洗澡間。

我也吃力的往那兒看去，但是我很快就後悔了。

血水從蓮蓬頭灑了下來，正確來說，血水如江海滔滔一般，直接從第一間洗澡間裡湧了出來！

「Eva！Kitty！」我大聲喊著，「小珍！救她們！快點！」

她們兩個都暈倒在地上，等一下第一個會被淹死！

血水很快的漫延到我的腳邊、浸濕我的身子，那濃稠的血發出噁心的惡臭，我掙扎著身子，卻依然被徐怡甄的長髮緊緊裹住。

學長！學長！你在哪裡！我撐不下去了！我連CALL都沒法CALL你！徐怡甄根本已經失去了理智，她現在只是個超大的怨靈綜合體，發瘋般的意圖吞噬一切。

媽媽他們分別圍繞著Eva跟Kitty，血水淹不進去，不過他們非常擔心的看向我這邊。

「別管我！保護好她們！」屍血的味道逼人，我乾嘔了幾下，血已經淹上了我的腿。

下一刻，徐怡甄竟然把我往洗澡間那裡拖了去。

「學姊！妳醒一醒！」我尖聲叫了起來，「項鍊快來了，我們會還妳東西的，我說真的！」

我被拖向第一間洗澡間，整池的血水也跟著往回抽了回來。

瞬間我理解了，徐怡甄打算把我關進洗澡間裡，用一整間的血水活活把我淹死！

「徐怡甄！」我慌亂的喊出她的名字，「學長——學長——」

我看著媽媽他們衝了過來，卻被那濃密的黑霧給彈了出去。

然後門砰的關了上，血水迅速升高……升高……

我曾經想過許多未來的事情，但是就沒有想過我會在洗澡間裡被血水活活淹死！

「徐怡甄！」驀地，一個男人的聲音傳了進來！「妳的東西！」

外頭傳來金屬著地聲，學長！是學長！我被緊縛著的身子感受著屍血升高到腰際，速度緩了下來。

外頭一切都靜了下來，我的身子突然感到一陣輕鬆，縛著我的黑髮鬆散，腿間的濕黏與屍臭也不復在；我低首瞧著，我好端端的站在洗澡間裡，身上竟一點濕都沒有！

白影們衝了進來，媽媽把手搭在我肩上，我則緩緩的推開那似乎已開啟的門。

徐怡甄背對著我，站在門前不遠處，她的黑髮正急促的縮短著，無數的黑影從她身上彈射而出，伴隨著哀鳴往四周所有的空間竄逃，而她的身形也漸漸消瘦，似乎恢復成婀娜的體態。

我一刻也不想待在洗澡間裡，趕緊閃了出來，見著了適才衝進浴室的學長，他的阿公也站在一邊，手上抱著阿蓮。

後頭還有個人我看不到，因為我站在較裡頭，被遮住了視線。

徐怡甄完全沒有任何動靜，我大膽的往前跨了一步，想看清楚她的側臉。

一朵輕輕的笑容掛在嘴角，徐怡甄的手裡拿著那條失而復得的十字架項鍊，珍惜的撫摸著它。

現在的徐學姊變得跟生前看到一樣的柔美恬靜，她甚至沒有可怕的傷痕、或是青色的皮膚，彷彿是個活生生的人般，站在我們面前……扣掉她浮在半空中這一點。

「東西……還給妳了。」學長一字一字緩緩的說道。

「該走就要走了，何必執著？」阿蓮突然發出稚嫩的童音，「項鍊也是身外之物，地獄用不著的！」

徐怡甄一見到阿蓮，臉色立刻泛青，但卻驚慌失措的向後退，急急忙忙的想要躲進她的空間裡。

哪知阿蓮那女娃兒眉頭不皺一下，突然喃喃唸起什麼，手裡掛了串佛珠，眼看著似乎就要丟向她！

「等、等一下！」我瞧見了徐怡甄那恐懼的神色，沒有想太多就衝了上前，擋在她面前，「等一下！」

幾乎與我異口同聲，學長也喊了出來。

「自殺的人早該下地獄受永恆之苦，讓我早點解決她！」阿蓮擺出一臉怒意，對我和學長斥責。

「我有錢別禮還沒送她！」學長回了頭，「叔叔！抱過來！」

咦？我定神一瞧，可不是嘛，那位叔叔也來了，他攙著一個人男人……一個穿著綠色衣服的……

「張教官！」我失聲叫了起來，「張教官為什麼在這裡？」

而且還一副不省人事的模樣？

叔叔把張教官扔在地板，學長一個箭步上前把我拉到他身邊去，我是有點混沌迷糊，無緣無故把張教官拖來這裡做什麼。

不過，我看到本來驚恐的徐怡甄，臉色轉為訝異，她甚至有點瞠目結舌的看著躺在地板上的張教官，然後戰戰兢兢的看向我們……喔，是阿蓮。

「她有遺願未了。」學長拍了拍阿蓮，「再給她一點時間。」

「怎麼了？」我拉了拉學長。

「妳看不就知道了？學姊對張教官可熟得很！」學長從口袋中抽出列印下來的畢業照，

「仔細瞧瞧，站在徐怡甄身邊的人是誰！」

我不知道學長是啥時印下這張畢業照的，我接過打開來看，照片裡的徐怡甄笑得甜美動人，而她身邊……她緊緊握著身邊那個男孩的手！

躺在地上的張教官，雖然步入了中年，但是那輪廓是一模一樣的！

「該不會……」我倒抽了一口氣，張教官就是當年那個……王八蛋？

學姊跪了下來，就在張教官的身邊，她的表情複雜得讓我心酸，她竟然淚如雨下，激動的試圖撫摸張教官的臉龐，嘴角掛著喜悅的笑容。

為什麼？我不懂？我不懂學姊掛在臉上的笑容是什麼，她這樣會讓我誤以為喜極而泣啊！

「唔……」張教官緩緩轉醒，皺著濃眉，「怎麼回事……怎——哇啊——」

看來，張教官看得見他當年的戀人，而且滿清楚的！

「……怡、怡、怡、怡、怡、怡、怡甄！」張教官彈坐起身，嚇得往後退，「為、為什麼……」

「張教官，今天是什麼日子，你不要說你忘記了！」學長冷冷的開了口，「睜亮眼睛瞧一瞧，你現在在什麼地方！」

學姊沒有露出猙獰的面目，也沒有像折磨我們那樣對待張教官，她竟然只是半跪在那兒，深情款款的望著張教官看。

「哇啊啊……為什麼我會在這裡！」張教官看清楚他身在二十年前的命案現場了，「為什麼怡甄會……」

「她想你啊！當年你負了她，她可是等了妳二十年喔！」我嗤之以鼻的幫學姊說起話來，「只可惜學姊沒算到，自殺的人走不出死亡場所，她還在女生宿舍自殺，你一輩子都不會來！」

「也許他敢在這裡當教官，就是因為知道一輩子都不會踏進女生宿舍吧！」學長更不屑的白了張教官一眼。

「我不知道……我不知道妳會自殺……我當年真的是很喜——」

張教官慌亂地想要解釋我覺得騙肖仔的一切，想也知道他是騙人的，要不然哪有可能同時跟兩個女人交往、還騙徐怡甄說畢業就結婚，結果是跟另一個女朋友論及婚嫁！

徐怡甄突然飄了上前，貼近了張教官。

我心裡湧起一股惡意，我希望徐怡甄把張教官拖進洗澡間，用她的怨、恨、血活活淹死他！把他一起拖到地獄去，緊緊鎖住，一輩子不要分開！

結果，學姊竟然再度痛哭流涕般的凝視著張教官，然後笑得好燦爛、笑得讓我覺得心痛！

『我……』徐怡甄竟然開了口，『這輩子就希望能再見他一面……謝謝……謝……』

學姊幸福的劃上笑容，身子越來越模糊，最終轉為一縷輕煙，消失無蹤。

同一時間，昏黃的燈光轉為明亮，我知道宿舍的電恢復了。

我拖著身子往陽台邊的 Kitty 走去，她依舊趴在地上，我彎下身去搖著她，卻發現怎麼搖都搖不醒。

「不必搖了！」被抱著的阿蓮指了指陽台，「她沒能過這個劫難，魂魄被帶走了。」

「被帶走？！」我嚇得探視 Kitty 的脈搏，毫無動靜！「天哪！Kitty……Eva、Eva 呢！」

我大聲喊叫著，激動不已。

「我沒事……學姊……」Eva 已經能站了起來，看上去狼狽不堪，「Kitty 還好嗎？」

我求救般的看向學長，學長深鎖眉頭，對著我搖了搖頭；Eva 領會到我們的意思，哇的一聲衝到 Kitty 的屍身邊，嚎啕大哭。

「是福不是禍、是禍躲不過，這是她的命。」阿蓮喃喃唸著，「不過她好心有好報，會進極樂世界的……」

我的心被緊揪著，淚流不止，Kitty 的屍體就在我身邊，Eva 伏在她身上聲嘶力竭，這件事到了最後，還是犧牲了兩條人命。

「小美……」學長走到我身邊，輕柔的摟過了我，「結束了。」

「嗚……嗚……」從開學第一天起，我該有的淚水，還在結束的這一刻全數宣洩而出。

宿舍恢復正常，外頭再也無尖叫聲，所有的魍魎鬼魅依然在我們看不見的空間中飄浮。

我永遠忘不了小珍的死、我也無法忘記膽小如鼠的 Kitty 挺身救我，我更無法忘記……為了一條項鍊就抓狂的徐怡甄學姊。

她是多麼的愛張教官啊……愛到因為定情之物被偷走就不惜犧牲人命，愛到拋棄她的男人出現了，還能露出這麼幸福滿足的笑容。

我為學姊感到不值，深深不值！

她最後那心滿意足的笑容，我將一輩子刻印在心裡、也將一輩子為她心痛。

嗶嗶嗶嗶……我手錶的定時鬧鐘響了起來，午夜十二點整。

徐怡甄學姊，生日快樂。

尾聲

Kitty 的遺體被載走了，現場也被警方封鎖，由於 Kitty 是被吊死在曬衣架上，一切將以自殺作結；我很想為她辯解些什麼，可是學長拉住了我、Eva 阻止了我，他們都搖著頭。

我知道怪力亂神沒有人會相信，但 Kitty 就必須背負自殺之名而離開人世嗎？

宿舍斷電時發生的異狀沒有人記得，我不知道是徐怡甄學姊做的，還是阿蓮幫的忙，沒有人受到驚嚇，多數人根本不記得有看到陰魂鬼怪的事情；警方還覺得有點狐疑，女生宿舍活像集體嗑藥，大部分的人都有片段記憶喪失。

而學長他們不愧是家族企業，外公他們不但帶項鍊北上，還準備好了所有法事的道具，立刻在浴室裡作起法來；學長只是簡單告訴學校分文不取，因為外公他們想超渡 Kitty 而已。

校方沒有反對、警方還舉雙手贊成，這是個奇怪的社會與現象，絕對不會有人被鬼殺死，但是若是浴室有鬼魂，卻可以作法超渡。

陰界的存在，一直是個模糊地帶。

阿蓮把大部分的魂都超渡了（據她說，不止一個），Kitty 去了西方極樂世界，而小珍在

「商量」之後，雖不至於下地獄受苦刑，但畢竟是自殺，所以採取折衷辦法。

一切都是阿蓮在溝通，我丈二金剛摸不著頭腦，我只求她把小珍安排個好去處。

而徐怡甄學姊，不但自殺、還牽連了兩條人命，阿蓮說連她也無能為力了！學姊不但得下地獄遭受苦痛刑罰，而且就算花上幾千年的修行與受苦，也還不了人命債。

我想起學姊那甜美幸福而滿足的笑容，無法理解她竟為了張教官那種爛咖，賠上了年輕性命，還有承受永世不得超生的苦刑……

「不——我不是！妳認錯了！不——」

我站在階梯上，冷冷地看著被緊緊綁住的張教官，他如同小珍當初被帶走時一樣，被救護人員緊緊縛在擔架上頭，精神異常般的尖聲嘶吼著，雙腳不停掙扎扭動……

「唉，這傢伙一輩子完了！」阿公突然幽幽開口。「他根本被團團包圍了。」

「包圍？不是學姊跟著喔？」我依舊不理解那方面的事。

學長搖了搖頭，「學姊之前的失控感染到不少遊魂，那些被壯大的遊魂吞噬了學姊的怨，纏上了張教官的身了！」

哇……我其實不是很懂，不過意思應該是說，張教官惡有惡報了吧？

不是不報，只是未到，夜路走多了，一定會遇到鬼！活該！

天矇矇的亮了，我跟學長送阿蓮他們離去，阿蓮在阿公懷裡睡得香甜，她看起來只是個小女娃，一點都不像是厲害的角色；他們要去附近找間民宿或旅館，好好的睡上個一天。

「這個……」學長把那條十字架項鍊放在我掌心裡，「戴上吧！只有妳最適合它。」

我嚇了一跳，差點沒跳起來。學長在跟我開玩笑嗎？

「我幫妳戴上吧！」學長取過項鍊，繞過我的頸子，「妳接下來打算怎麼辦？繼續住下去嗎？」

「不！不要了！八字再重，我還是敬謝不敏！」我不自覺地顫了一下身子，「莫名其妙遇到這種鳥事，我跟 Eva 等一下就要把退宿單交出去了！」

「那要住哪裡？」學長為我把項鍊扣好，冰涼的鍊墜貼在頸子上，竟有股灼熱感。「我那邊還有一間空房！我有請房東幫我留下……」學長面有赧色的輕咳了聲，「如果妳願意的話，住在一起我是不反對啦！」

嗯？我愣了一下，頸間的熱度越來越燙。

「就是……」學長偷瞄了我一眼，「我……跟喜妙分手一陣子了。」

十字墜鍊都燙到快烙印在我胸口了！徐怡甄學姊！妳該不會……

「噯呀！妳真的很鈍！」學長突然走過來，一把將我抱進懷中，「我一直都知道妳的心意，我也很喜歡妳！做我的女朋友吧！」

哇……我的呼吸跟心跳都快停了！難不成徐怡甄學姊還在附近嗎？這會兒她是給學長勇

氣？還是給了我運氣？

來不及想太多，我頸間的墜鍊迅速冰涼，附在上頭的學姊似乎已經飛奔離去！

我後來再也看不見媽媽他們的身影，連小珍升天我都瞧不見，所以徐怡甄學姊有沒有在項鍊上，我也不清楚……只是從清晨的風與樹葉沙沙聲裡，我彷彿聽見了學姊一聲聲的謝謝。

噹——噹——噹——噹——噹——噹——

金黃色的晨曦照亮了每一個角落，不遠處開始鳴鐘，成千上萬的遊魂趕快回歸啊……

一切的恐懼與陰霾皆已過去，現在是早晨——

六點鐘。

番外・招魂

刺耳的鬧鐘響了一分多鐘，迴盪在整條走廊間，時間是早上七點半，一直未曾切掉，逼得許家菱睜開了眼睛！

「吵死人了！」家菱坐了起來，把被子往腳邊踢，「到底是哪個人的鬧鐘……響這麼久也不會關掉嗎？」

「嗯……」佩芬也伸了個懶腰，「妳不知道喔……幾天前好像就這樣了，每天早上都會一直響，要響滿九十秒才會停。」

「九十？！」家菱餘音未落，那惹得整條走廊煩躁的鬧鐘聲終於停止了。

走廊恢復一片寂靜，彷彿剛剛什麼都沒發生過。

「怎麼回事啊？沒人去查那一寢的嗎？調鬧鐘沒關係，但要按掉啊！」她沒好氣的走回床上，雖然她今天也是第一堂課，但沒必要六點起床吧！？「她那一寢的人都接受喔？」

「不知道捏！這兩天宿舍發生那麼多事，好多人都去住同學家了……搞不好那寢都離開，忘了調掉啦！」

「喔……也對啦……」家菱嘛起嘴，鑽回被窩裡。

才開學幾天，女生宿舍就發生命案了，超可怕的！一開始是有同學在浴室裡昏迷送醫，然後又有人拿美工刀自殺；接著是教官變得怪裡怪氣，最後是宿舍前幾晚突然斷電，然後有學生在浴室後面的曬衣陽台上吊自殺……

一連串的事情讓學校最近風聲鶴唳，警方來來去去，整間宿舍更是不安寧；停電當晚她剛好參加社團迎新餐會，凌晨才回來，錯過了那件事情。

同寢的同學睡得迷迷糊糊，好多人都說停電時不知道在幹嘛，彷彿失去了某段記憶一樣，實在超級詭異的啦！也因為如此，許多奇怪的傳言跟著流出，有人說女宿鬧鬼，也有人說記得停電當時發生的事，看見一堆阿飄在女生宿舍裡飛來飛去，嚇得人魂飛魄散。

也有人說那是黃帝神宮裡釋放出的鬼眾，因為某些原因聚集在宿舍裡……最可怕的，是有人說那個上吊的同學不是自殺的，是被厲鬼殺死的！而厲鬼是針對 1501 室……

眾說紛紜，只是越說越人心惶惶……搞得一堆人抽中宿舍卻不敢住，只好先借住朋友家，就怕這宿舍還殘留著什麼……

家菱邊想著，卻覺得越想越毛，但不一會兒又沉進夢鄉裡，直到她自己的鬧鐘響起為止！

許家菱七點半跳起來，衝進浴室裡盥洗，宿舍的廁所浴室是一體的，就位於L型的走廊轉角，浴室是正方體建築，因此會在兩個邊各開一個出入口，連接兩道走廊。

她也是一館五樓，離出事的 1501 室有點距離，1501 室剛好面對浴室的其中一個出口，而她的寢室是在另一個出入口附近，已經是 1513 了。

盥洗完畢，家菱抱著毛巾跟牙刷離開浴室，總不免看了 1501 室一眼，真可憐，才開學就出事，一寢四個人瞬間就有兩位自殺……感覺真不吉利。

聽說剩下的兩個同學也住不下去了，紛紛提出退宿申請，只是不知道有誰候補進來啊？學校當然是不會把消息放出去，可是如果是她喔，一旦知道那一寢死了兩個人，即使不是死在房間裡，她也不敢住！

「拜託，妳真的敢喔？現在沒人把衣服吊在外面啦！」流言浴室裡多得很，大家都在談論，「那個女生是在這裡上吊自殺的耶！」

「哪一個位置啊？」

「哪一個位置都一樣，超可怕的……現在衣服吊在外面，真怕那個同學的鬼魂會穿著我們晾的衣服跑進來！」

「不要再說了！越說越可怕！」

所有人聽見都不寒而慄，即使不約而同的往陽台看，卻沒人敢再多停留，能走得多快就多快！

家菱也起了雞皮疙瘩，她甩甩頭，也加快腳步的往門口走去；只是走出浴室門口時，她還是忍不住回頭看了一眼，瞧瞧那間與她正巧差不多一直線，浴室另一端的 1501 號房——有個人影，就站在 1501 室的門口。

那是一團黑影，像團模糊且深黑的霧氣，黏聚在一起，形成一個人形，但是遠遠看去，那的確就像是個人，站在 1501 房門口。

家菱倒抽了一口氣，她現在沒戴隱形眼鏡，的確是有點散光，但是、但是再怎樣她也知道，那一團烏漆抹黑的東西，不該會是個人。

接著，那團黑影似乎也瞧見她了，那黑色人影緩緩的移動，自側面轉成了正面，彷彿與她一直線。

黑影舉高了手，直直對著她，開始招手——『來……來……』

一個拖長又詭異的聲音毫無阻礙的闖進她的腦子裡！

這讓家菱全身不住的發抖，她睜圓了雙眼，看著那黑影慢條斯理的朝她不停地招、不停地招……彷彿想叫她過去似的。

不——家菱緊閉起雙眼，頭也不回的轉身就跑，直直跑進就在浴室隔壁的宿舍裡去。

「家菱，妳有看見我的外套嗎？」一進門，室友佩芬正在找她的牛仔短外套。

家菱喘著氣，慘白著一張臉，貼著門板瞪著。

「家菱？」佩芬終於發現她的不對勁，「妳幹嘛？怎麼一臉見鬼的樣子？」

「唔……唔！」家菱聞言皺起眉頭，慌張的點著頭，「對……對……我好像就是……」見鬼了！

佩芬好心的先端茶給她喝，輕拍她的背以安撫，好不容易等她能開口時，家菱竟說出令人既咋舌又嚇傻的話。

「妳說……1501 號房門口有……那個？」佩芬比了個動作，也戰戰兢兢。

家菱用力的點著頭，瞧，她的手都還在發抖咧。

「妳會不會看錯了啊？」被吵醒的室友小妤也圍了過來。

「那種事怎麼可能會看錯？傳言果然是真的，女生宿舍裡有鬧鬼啦！」蘋果膽小如鼠，嚇得快哭了。

「厚！不要亂說！這樣很可怕耶！」才開學發生這些事已經夠人心惶惶了，還又搞一齣？「沒確定前不要亂說話吧？」

「確定？這種事要怎麼確定？」小妤喲了一聲，越想心裡越毛。

「就——」佩芬頓了一頓，聲音突然變得很小，「出去看一下？」

「哇呀——」女生們尖叫起來，是哪個不怕死的要出去啊？

妳看我我看妳的，一寢四個人面面相覷，就是沒人有那個膽子要出去「確定」一下，有沒有什麼站在門口。

不過，隨著時間的流逝，眼看著已經要八點了。

「想想，家菱眼花的可能性很大啊！」佩芬開始說服大家了，「因為現在是大白天的，怎麼可能會看見那個？」

已經戴上隱形眼鏡的家菱也不敢反駁，對啊，現在是白天八點，又不是半夜三點，怎麼可能見鬼？

「而且，我們非出去不可，有誰敢翹第一堂課？」必修耶，還是系上主科，第一堂課八點十分，再不出門連早餐都來不及買！

四個女人心一橫，課的確不能不上，既然這樣，要死一起死啦！一塊兒出門，就回頭一秒，確定一下到底有什麼站在遙遠的彼方——由家菱拉開門，她們四個一起跳出去！

她們房間雖在浴室隔壁，但中間還隔了一間電氣室，所以跟浴室另一道門有兩公尺長的距離；而最好的是，一開門就有下樓的樓梯，所以直直衝到樓梯就對了。

結果，佩芬狐疑的多看了兩秒，根本就是平常的走廊啊！小妤嘛起嘴，走廊上只有一堆跟她們一樣快遲到的人啦！連蘋果都搖了搖頭，看向家菱，她散光果然需要矯正！

唯有家菱，她的唇色發白，甚至微微顫著抖。

「家菱，妳現在看清楚了吧？啥都沒有！」佩芬嘆了口氣，率先轉身往樓梯走下去。

「我覺得風聲鶴唳可能要好些天，人嚇人真會嚇死人！」小妤夥同蘋果一塊兒跟進，而佩芬回頭嚷著，「家菱快走啦！要遲到了！第一堂課在商館耶！」

「等等派一個代表去小麥買東西啦！蘋果，妳號碼最後面，風險最小！」

「厚，萬一老師從後面點回來我就死定了！」

「嘻，我會說妳去上廁所！」

許家菱後退著，她戴上隱形眼鏡後的確看清楚了，再也不可能這麼清楚過……

那不是一團黑影，那是一個貨真價實的人形，只是他全身發著黑，身上好像黏著瀝青似的，還有東西一滴一滴往地上滴落。

而且他並不是站著的，而是飄在半空中，離地約十公分的距離，身上那像是肉塊或爛肉的東西滴落在地板時，就會瞬間失去蹤影。

她分不清楚性別，只是可以確定的是，對方是在看著她的。

它伸著手，依舊對著她招手。

而且，它似乎比剛剛往前進了半公尺……

正往她的方向來。

許家菱一整天都在想那個只有她看得見的東西。

她試著跟佩芬再提一次，但是她們依然認為她大驚小怪，沒有人想再理這個話題，更何況現在什麼嚇人的說法都有，她們還希望她少說兩句。

問題是，那個東西真的就在那裡啊！

於是她決定去瞭解開學那兩天，宿舍究竟發生什麼事情，那間所謂的「1501 室」，為什麼會接連出現兩個自殺的同學？

她耍些小聰明，要到了倖存者的名字，一位是英語系的周婷雅同學，另一位是企管系的陳小美學姊。

她是從宿舍自治會會長那兒拿到名單的，她說她之前跟 1501 室借了東西沒還，現在沒人住在那兒了，所以想親自還東西給對方；會長神色黯淡的說，也不知道借她東西的人，是生的還是死的那一位。

她才大概知道，開學第一天晚上，日文系的郭怡珍同學在浴室裡歇斯底里，神智不清的胡言亂語，最後救護車來將她五花大綁的直接送往醫院，結果沒有幾個小時，她就自醫院高樓一躍而下，當場死亡。

隔天宿舍裡流言紛紛，大家還在驚訝之中，許多鬼怪之說也跟著浮上檯面，當晚就有不少人離開宿舍，向外求住；到了晚上十一點，就發生校園集體大停電，連預備的發電機都沒用，整個校園一片漆黑。

等燈亮時，另一位英語系的同學，在浴室外的陽台上，用一條絲巾在曬衣架上吊自殺。

直到晚上一點多，還有人在一館的浴室裡作法事，作得人心惶惶；她回宿舍時兩點多了，宿舍裡幾乎沒有人睡，一片混亂，警方來來去去，教官也在問著附近的同學，結果連她們所有室友，全都都迷迷糊糊的說：好像在睡覺吧？

沒有人知道停電的那段時間內發生了什麼事，她看到1501室的同學身上帶著傷，茫然的站在外頭接受詢問，她們的表情，一點都不像是「沒事」的樣子。

「對不起，請問……周婷雅同學在嗎？」家菱找到了大一英語課，這個保證沒人會翹課的必修課。

女生看了她一眼，然後回首拉開嗓門：「周婷雅，外找！」

家菱相當興奮，因為這是好事，她第一步就找到了關鍵人物！

過了幾秒之後，階梯教室後門出現一個女生的身影，她留有一頭短髮，看起來十分俏麗，狐疑的站在四階高的樓梯上望著她。

「妳是？」她當然不認識她。

「妳好，我是許家菱。」家菱主動示好，「我住在1513。」

一聽見她報出房號，周婷雅很明顯的臉色蒼白。「妳、妳有什麼事嗎？」

「我想……我想請問妳，之前宿舍究竟發生過什麼事？」

轉瞬間，周婷雅以一種驚嚇般的眼神看著她，並且下意識的後退兩步，退進教室裡頭。

「妳問這件事做什麼？」她面露厭惡，「再笨也知道我同學死了吧？」

「對不起！我不是來傷害妳的！」家菱才想起自己的魯莽，「實在是我遇到了很奇怪的事情，我很害怕……所以我——」

電光石火間，她因緊張而揮舞的手倏地被周婷雅緊緊握住！

周婷雅睜圓了眼，以一種相當詭異的眼神盯著她，「妳遇到了什麼事？」

「呃……」一反剛剛害怕而卻步的模樣，這位周婷雅同學忽然變得積極許多，「我看到……妳們……我是說 1501 室的門口，有奇怪的東西。」

「奇怪的東西？妳可以描述得具體些嗎？」幸好她退宿了！

「就是……飄在地上幾公分高的地方，一團黑抹抹的，是個人的形狀，但是就很黑，身上像有瀝青還是什麼東西爛爛的……」家菱邊說，覺得自己邊起了雞皮疙瘩，「然後一看到人就……招手。」

「招手？對任何人還是……對妳？」周婷雅問話相當切中要害。

「……」家菱望著周婷雅，下一秒眼淚就在眼眶中打轉了，「好像是對我……我每次眼神一跟它對到就、就看見它在招手！妳不知道它招手的方式很可怕，慢慢地、詭異的，好像邪惡的在叫我過去似的！」

「噓……噓！同學，妳小聲點！」周婷雅趕緊要家菱壓低聲音，「我跟妳說，妳去找這個人！」

只見周婷雅拿出手機，報了一個號碼給家菱，還一臉神色凝重，「等一下就打，馬上把這件事跟她說。」

「我等一下有課……」

「妳等一下就沒命的話，還要上課嗎？！」周婷雅的聲音低而激動，這反而嚇到了家菱。

「好……我打，我立刻打。」事已至此，她突然覺得她看到的那個東西，是很嚴重的事情。「我該找誰？」

「小美學姊。」周婷雅深吸了一口氣，「妳把事情跟她說，她會找辦法幫妳解決。」

「小美……陳小美？！另一個倖存者？」

「哼，什麼倖存者！」周婷雅以一種蔑視的眼光掃了她一眼，「是因為小美學姊，我現在才能站在這裡跟妳說話，而不是入土為安。」

家菱感覺全身發了冷，她點了點頭，開始猶豫自己是不是不該追這件事情？但是不追，浴室外頭那團黑影會讓她更膽戰心驚。

鐘聲響了，周婷雅要她加油後就進去上課，而她，緊握著手機，決定翹掉下一堂課，打給小美學姊。

只是她打了十幾通，電話都是有通沒人接，直到第二十五通後，就直接跳進語音信箱裡了。

怕是讓她打到沒電了吧？家菱心急如焚，即使她留了好幾次言，還是不放心的再發了簡訊，把事情的原委寫在訊息裡，希望小美學姊可以快點發現，快點打給她。

她覺得好不安……想起回到宿舍，還要面對那個朝著她招手的黑影，她就變得不敢回去。

今天外宿吧，去找住在外面的同學，別回宿舍睡了。

家菱打定主意，拎起背包，趕往下一堂課的教室而去；而今天最後一堂課是四點，她一下課就衝回宿舍，原本輕快的腳步爬到四樓半的階級時，又給緩了下來。

走上五樓，看著浴室的方向，家菱整個人又更傻了！

因為那個東西，好像比早上又前進了一點點，已經在浴室的外牆，而且幾乎是貼著牆行走的。

她是躡手躡腳走上樓的，那個東西低著頭，一副了無生氣的模樣，結果等她一站穩五樓，那東西瞬間又抬起了頭，衝著她，再度把手舉了起來，招……呀招的。

『來……過來……』那令她毛骨悚然的聲音，再度自腦海中響起。

她突然覺得，那像是招魂的聲音與動作！

緊閉起雙眼，家菱決定視而不見，火速的衝向自己的宿舍房間，慌亂的收拾著簡單的行李！晚上的落腳處有著落了，同學願意讓她住，她胡謅了原因，沒敢讓同學知道她看見宿舍有鬼。

「許家菱！」宿舍門忽地大開，「妳幹嘛衝回來啊！」

三個室友兼同學陸續走了進來，她們才覺得奇怪咧，下課鐘還沒打完，回頭已經不見家菱的身影，只見她拎著背包跟跑百米一樣的奔離教室。

「我……我有事。」她把衣服塞進小袋子裡，再繞回書桌找書，「我晚上要外宿喔！」

「我聽小毛說了啊，妳說要住她那裡？到底是怎麼了？」小妤看著家菱緊張兮兮的神色，她甚至還冒著冷汗，「家菱，妳看起來好像在怕什麼……」

餘音未落，宿舍立即瀰漫著一片寂靜，所有人都想到上午家菱所說的「黑影」。

「喂，許家菱……妳該不會在為了妳的幻覺而害怕吧？」雖說是幻覺，宿舍裡有一個人緊張成這樣，所有人也會心慌好嗎？

家菱停下動作，一雙眼緊瞪著書桌，緊咬著唇。

「就沒有啊，大家不是都沒看見嗎？」膽小的蘋果趕緊找室友助證，「小妤，妳有看見嗎？」

「沒有啊，不是家菱眼花嗎？」小妤也開始不安了，「大白天怎麼會有啦……許家菱，妳倒是說話啊！」

家菱嚥了口口水，瞥了擠在床上的同學一眼，然後很痛苦地點了點頭。

「那個……還在外面。」她伸出顫抖的手，指向斜後方，「就在浴室外面，還一直在往前走——往我們宿舍的方向來！」

哇呀——女生們個個白了臉色，抱成一團，現在家菱在胡說什麼啦！

她們剛剛一起回來時，看到都是人啊，哪有什麼黑影！

「我不喜歡妳說這種話！」蘋果怕得摀起雙耳，「為什麼要嚇人！」

「妳以為我喜歡嗎？問題是就只有我看得見，妳們看不見，那我怎麼辦？」壓力瀕臨臨界點，家菱也吼了起來，「我已經選擇離開了，又沒拖累妳們，妳還想怎樣？」

「那妳就不要說啊，妳現在說得大家很害怕，妳卻要落跑，這又算什麼！」佩芬站起來，跟家菱面對面嗆聲。

「妳們不是說沒有嗎？那就相信自己啊！剛剛也是妳們逼我說的，妳們可以當作我神經不正常、幻覺過度！」家菱氣急敗壞的把書塞進包包裡，走回床邊，把行李袋拉起來。「反正我今天就是要外宿就對了！走開！」

她拎著行李袋，就要離開宿舍，結果佩芬更快地拉住她袋子的另一頭，制止她的離去。

「妳不可以說完就走！」她大聲吼著，「妳太過分了」

「妳幹什麼啦！反正只有我看得見，表示它對妳們沒影響啊！」

「妳閉嘴！就是不可以嚇了人就走！萬一我們看不見，可是事實上那個存在怎麼辦？」

「而且妳說它往我們宿舍來又是什麼意思！」

女生們在宿舍裡吵成一團，拉著那只可憐的行李袋在拔河，只剩下最溫柔的蘋果坐在床上，眼淚撲簌簌的掉著。

「不要再……夠了！」她突然歇斯底里的尖叫，「不要再吵了！」

這一聲尖叫果然有用，讓所有人都停了下來，愕然的看向尖叫發生地。

「吵什麼？大家也只是害怕而已，幹嘛要吵？」她嗚咽的說道，「這種事信則有不信則無，既然大家都信了，吵也沒有用，應該要解決問題才是啊！」

「解決……」兇悍的佩芬也軟化了下來，「這種事要怎麼解決？」

宿舍裡再度瀰漫著安靜，只是家菱突然有點欣慰，因為沒有人否定她親眼所見，大家像是信了這件事。

當然人類也很常寧可信其有，不管怎樣，至少她有支持者。

所以，她開了口，把她今天追查到的事簡單的說了一遍。

「感覺好真喔……」小妤喃喃的說著感想，「那個周婷雅也完全相信妳說的話耶……」

「那個小美學姊呢？妳再打一次看看！」佩芬緊張的催促著，所有人都想知道一個答案。

家菱點了頭，趕緊再撥出電話，卻發現還是直接進入語音信箱。

「急死人了，現在情況不就膠住了？」佩芬咬著唇，浮躁的走來走去，「現在怎麼辦？大家就算想上廁所一定也不敢去啊！」

因為家菱說了，那東西正飄在浴室外牆那兒呢。

「我們從樓梯下去四樓吧？」小妤舉手提議，「樓梯在我們房間外面，那東西還沒到這兒，我們可以去四樓使用衛浴設備。」

「對！好提議！」家菱終於面露喜色，「那晚上呢？」

「家菱，妳別外宿了，我們在一起行動，比較有保障！」蘋果上前握住了她的手，「洗澡一起去、上廁所一定要有伴，這樣才萬無一失！」

家菱看了看同學，開學不到一個月，才認識的同學能有這樣的情義相挺，她真的很感動。所以她點了點頭，打電話給小毛，表示晚上不過去了。

大家一起行動，然後等待著手機響起。

寫完作業時，家菱往窗外看，發現已經黃昏了，遠處傳來鐘聲，那聲音有些莊嚴。

「咦？六點啦？」小妤頭也不抬的問著。

「妳怎麼知道？」小妤甚至沒看錶耶。

「鐘敲了呀！黃帝神宮早晚六點都會敲鐘！很準時的咧！」小妤伸了伸懶腰，對這鐘聲很熟悉似的。

「廟啊？我們學校附近有廟喔！」家菱靈機一動，她怎麼沒想到去廟理求平安符呢，「我們可以去……」

「不行啦，家菱，那間是陰廟！」蘋果趕緊打消她的念頭，「裡面都是阿飄跟好兄弟，不准祭拜的！」

「不准拜的廟……」她還是頭一次聽見咧。

「我聽人家說，那間廟收服了鬼魂跟惡靈，晚上六點敲鐘是放它們出來逛街，早上六點敲鐘時收隊囉～請它們回廟裡休息。」小妤也不知道哪兒聽來的，反正就是道聽塗說。

「放它們出來逛街？好可怕喔！」

有那種廟嗎？如果是這樣，那外面那隻是怎樣？它不管鐘聲敲了幾次，都還在那裡啊！

作業暫告一段落的她們，先派了兩人到地下街去買晚餐，上來後大家邊聽音樂邊聊天加吃飯，還討論今天老師發佈的期中報告，一路到九點多，這段時間大家都忘記那恐懼黑影的存在。

一直到非洗澡不可。

「我們其中兩個先去洗澡吧！」蘋果站了起來，「順便……看一下『那個』在哪裡？」

「嗯！」家菱點了點頭，她知道只有她看得見。

所以她跟蘋果一組，兩個人抱著盆子，裡頭擺了換洗衣物跟沐浴精，跟出征一樣的緊張；家菱率先打開門，然後一大步往左邊跨，頭也不回的奔到樓梯口時，才敢往回望。

那個東西，跟稍早之前又不一樣了。

它往前又走了一點點，就站在浴室的另一個出口門口，進出的同學就這樣穿過它黑黏黏的身影，超級噁心。

最重要的是，它出現了清楚的眼睛跟嘴巴。

它兩顆圓滾滾的眼珠在黑臉上轉著，咧開嘴，對著她笑。

手依然抬起，朝著她招——呀招著。

『妳……就是妳。』聲音，也變樣了，『來吧！快過來呀……』

光瞧見家菱死白的臉色，佩芬她們也都知道那東西究竟在不在了！

蘋果心一橫，推著家菱往樓下走，在房裡的佩芬嚇得關上房門，蘋果也不敢回頭，就怕自己突然看得見！

下了四樓，她們進入浴室裡洗澡，兩個人還特地選了隔壁間，沉默漫在兩人之間，沒人敢提起剛剛家菱究竟看到了什麼。

只是這時候，樓上房間的手機響了。

「是小美學姊！」佩芬跳了起來，「小妤，妳、妳去叫家菱！她應該洗好了吧！」都快半小時了！

「我、我去？」她一個人？

「拜託一下，妳就直直衝出去，都不要回頭就好了嘛！」佩芬急著接起電話，「妳剛剛去買晚餐時，不是也看不見嗎？」

小妤咬著牙，心一橫，就真的衝了出去。

「喂，小美學姊嗎？喔喔！我不是家菱啦，我是她室友……妳等一下下喔，她在樓下浴室，等一下就上來了……啊？現在狀況是？就是啊……」

佩芬開始跟電話裡的小美學姊概述現在情況，而小妤則衝下四樓，趕緊報告這天大的好消息！

「家菱！妳手機響了！是那個學姊！」小妤攀在浴室門口，朝著裡頭大喊。

「咦！什麼？我就出來！」已經穿好衣服的家菱聞聲，立刻打開門，「蘋果，妳繼續洗，我回去叫人來陪妳！」

「好！要記得喔……」蘋果想到自己即將要落單是很害怕，但是那個關鍵的小美學姊打電話來，比什麼都重要。

家菱把衣物都放在盆子裡，趕緊開了門要衝回房間，相信已經有人幫她接起電話了，千萬別漏接啊！

只是當她要踏出浴室門口，往樓上奔去時，她瞧見了一抹黑影。

那黑影是一雙腳，像懸浮在空中一樣，自她的眼前方緩降而下……家菱下意識的抬首，那個黑影是穿過了四樓的天花板，從五樓緩緩飄下——直到來到她的眼前。

她無法動彈，她眼睜睜看著那人影落在她眼前，這也是她第一次，這麼清楚的看見那黑影的樣貌。

它是一個黑色爛泥包裹的人體，上頭多半都腐爛的肉泥，但是沒有任何味道，只是形體噁心得嚇人；因為臉上已經沒什麼脂肪，所以眼窩的窟窿很勉強的塞著那兩顆雪白的眼球，開開的嘴沒有牙齒，裡頭滾出的是一條條的蛆蟲。

它笑著，與她只有五公分的距離。

『抓到妳了吧？』它瞇起眼，兩顆眼球滾了出去。

她應該要尖叫的，她應該要——她早該知道，不能跟它們對上眼的！一旦對上眼，它就會要了她的魂！

「家菱！天哪！妳是去哪了？」佩芬看著走進的家菱，有些氣急敗壞，「小美學姊已經掛掉電話了！」

從小妤下去叫她到現在，已經五分鐘了！

「喔。」她淡淡的應了聲，表情卻顯得很輕鬆。

「還有喔！小美學姊說這裡上次發生過事情後，可能還沒有很乾淨，所以要我們小心，看到什麼千萬別仔細去看，一旦對上阿飄的眼睛，就會被黏上！」佩芬把她的手機還給她，「他們明天會過來一趟，說還得再作一次法事，把這裡弄乾淨不可。」

家菱淡淡的瞥了佩芬一眼，微笑著。「我覺得太小題大作了點，真的有可能是我眼花。」

「咦？」

「剛上來時，我已經什麼都看不見了啊！」她噘起嘴，「會不會是我太神經質了？」

「家菱？妳一小時前還說它在對妳招手耶……」

「哦？是嗎？」許家菱揚起了笑容，一副不在乎的模樣。

是呀，現在該在乎的，不會是她了。

為什麼？為什麼她會在這裡？為什麼她會全身腐爛著，卡在這裡？

為什麼這麼多人來來去去，就是沒有人注意到她？就連剛剛離開的蘋果，也都沒聽見她的吶喊……不！因為她喊不出聲音來，她沒有聲帶了！

她飄在半空之中，卻無法移動一步……因為這面牆、這塊地，像把她緊緊綁住一樣，她根本就動不了！

究竟是怎麼回事？她明明才出浴室……啊，啊，她遇上那個黑影，它卑鄙無恥的從上面穿牆而下，對著她笑，然後……然後……

『不要怕，只要等到誰注視到妳的雙眼，妳就可以獲得自由了！』那個黑影，突然有了她的身體，這麼對著她說，『對她招魂，直到抓住她，妳就可以跟她靈魂互換了！喔，有身體可以用，就別計較那是誰的身體了，我可是等了幾百年呢！』幾百年？是啊，要不是之前一個紅衣厲鬼在這裡造事，厲鬼的能力感染到所有惡靈與鬼魂，讓大家能力增幅，在這間宿舍亂跑亂竄，那地縛靈也不至於從荒山野嶺，一瞬間位移來到這機會多多的女生宿舍。

只是厲鬼被收服後，不屬於黃帝神宮的鬼眾們，就被留在原地，能力消失、加上有高人作了法事，小咖的被淨化而去，剩餘的，還是成了地縛靈，與宿舍綁在一起。

除非……找到下一個寄居者嗎？她也必須跟那個黑影一樣，找到一個正在看她的人嗎——誰？喔！有人在看她！沒錯！

她吃力的抬起手，意外的發現身體竟變輕了點，所以她朝著站在那兒盯著她瞧的女生，招……招呀招，我要妳的身體，我要招妳的魂，妳必須代替我縛在這裡！

咦——一道刺眼的光來襲，逼得她縮小了身子，黏在牆上。

「喂！妳！不要太過分喔！」人影站在她身邊，雙手扠腰的嚷著，「少隨便招別人的魂！」

「咳！小美，右邊、右邊。」男生轉了轉指頭，「那個東西在妳右邊，別朝左邊罵。」

「啊？喔！」女孩轉向右邊，就站在她耳邊，「就你，地縛靈什麼的，乖乖的在這裡等超渡！」

小美？咦？是小美學姊！小美學姊——

「真是有夠誇張的！怎麼這麼多？」男生雙手抱胸的看著一團黑色黏膩的鬼影，搖了搖頭，「這東西很邪惡，好像吃了不少靈魂。」

「喲！真的嗎？」小美大退一步，「那你幹嘛要我靠那麼近？」

「她最好是有本事要妳的魂，光妳的靈光就讓她無法招架了！」男生冷冷地笑著，睥睨般的看著越縮越小的鬼影，「沒想到之前學姊的事會有這麼大的後果，我看這宿舍可能每一個角落都得清一遍！」

「啥？真的喔……都是我們不好。」陳小美一臉愧疚，「可是要怎麼樣清一遍呢？」

「每間宿舍都進去看呀！」男生微微一笑。

「真的啊？」

「當然是假的！妳是白痴嗎？宿舍怎麼會允許我這麼做？」男生扯扯嘴角，「我頂多只能在頂樓或是外頭作一場更大的法事，再集體超渡一次，比較頑強的我就沒辦法了。」

「啊？那剩下的怎麼辦？」

「那就不是我的事了，反正阿飄總是充斥在我們的生活中，無所謂的。」男生自然的聳了聳肩，陳小美覺得只有他們賀家人才會無所謂。「先來解決這一隻吧！這隻再超渡也沒用，事到如今，不知吞了多少人的靈魂。」

不！我沒有！小美學姊，我是打電話給妳的那個許家菱啊！

「吞靈魂？好、好吃嗎？」

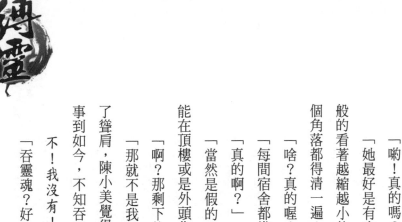

「妳要不要吃吃看？」她立刻被白了一眼，「那只是一種說法，這種地縛靈是專門佔據別人身體的……正確說法是，它們想要獲得身體，所以跟別人交換靈魂。」

對……對！我就是被換走的，我明明是許家菱啊！

「學長……你是說這東西進到正常人的身體裡，然後正常人的靈魂變成地縛靈黏在這裡？」

「難得聰明啊，陳小美。」學長蹲了下來，「這個不知道是第幾個可憐的人了，活生生的身體被人拿去用，自個兒得在這裡等上有人可以跟她對上眼神，再進行招魂。」

「這樣這個人也很無辜啊！」

「當她招了別人魂後，妳就不會這麼覺得了。」他是可憐這被招走的靈魂，但只要不隨便對上鬼魂的雙眼，就不會被纏上了啊！

真可憐，一定要搶別人的魂才能得到自由喔？陳小美皺起眉頭，那這樣這個東西得到自由時，豈不是又害了下一個人？這到底無辜不無辜啊？

「陳小美學姊嗎？」有個女生，突然站在後面。「那個……我是林佩芬。」

佩芬的身後，還跟了三個女生，最後面那個，是許家菱。

不——不是！那不是我！那是那個可恨的黑影啊！

男生忽地注視著扭動的地縛靈，再瞥了許家菱一眼。

「佩芬？接電話那個嘛！」陳小美開心地站了起來，「現在一切還好嗎？那個許同學呢？」

佩芬面有難色的瞥了陳小美一眼，「家菱……她說，好像看不見了。」

騙人！佩芬！她不是我！為什麼妳們看不清呢！

「是啊，我看錯了，對不起。」許家菱站了出來，對著小美行禮，「很抱歉給大家造成麻煩，但是我真的沒看見了。」

「咦？可是……」小美狐疑的看著地板，學長說有地縛靈的所在，「它不是站這兒嗎？」

陳小美準確的指了黑影的位置，許家菱卻面無表情。

「咦？家菱說那個在五樓啊！」蘋果倒是奇怪，這裡是四樓外頭耶！

連小妤也聳了聳肩，大家只好往家菱看過去。

「沒有。」她肯定的搖了搖頭。「對不起，我們該去上課了，真抱歉麻煩妳走一趟了。」

許家菱旋了身，逕自就往樓下走去，其他室友連忙道歉，佩芬來說昨天晚上之後，家菱就推翻了之前所有的言論，她們也不知如何是好。

目送著女生離去的背影，陳小美覺得莫名其妙。

「所以咧？」她回過身，她才是什麼都看不見的人好嗎？一切就依高人學長的意見囉！

「所以呀……原來對方也是想留她一條生路囉？」學長嘆了一口氣，「但是很抱歉，我不能留妳在這裡害人。」

什麼意思？我才是許家菱啊！你想做什麼？

學長摘下手上的佛珠，輕而易舉的套在縮小的黑影頸子上頭，外人看起來，那串佛珠像是浮在半空之中。

所以陳小美飛快地以身體擋住這景象。

「塵歸塵、土歸土。」學長開始結起手印，唸起經文，「妳不該留在這世上了，切勿眷戀。」

不公平！這不是我的錯！為什麼我必須要遭受這種事，而那個東西卻佔著我的身體自由自在！不公平！我才是許家菱啊！

「世界上沒有公平的事，我很遺憾。」學長頓了一頓，「許同學。」

不——不——

咦？陳小美圓了眼，看向學長，然後親眼看見那浮在半空中的佛珠環掉了下來；她看不見任何魍魎鬼魅，但是她可以看到，原本青綠色的佛珠，現在一顆顆變成了深綠色。

「這要回去淨化的。」學長逕自回答小美眼中的疑問，將佛珠以黃巾包裹，放在隨身攜帶的小方盒裡。

「你剛剛對著那黑影說什麼？許同學？」她搔了搔頭，好怪。

學長站起身，對著她拋出一朵笑，「有嗎？」

「我聽錯了喔？」

「聽錯了。」他頭也不回的往前直走，感嘆著。

「喔……」陳小美快步跟上，不免回頭望了一眼那走廊、那光潔的白牆。

什麼都沒有了嗎？她悄悄雙手合十，希望那個地縛靈能投胎，下輩子不要那麼衰了喔！

如果有下輩子的話。

千萬不要跟魍魎鬼魅對上雙眼，一旦讓它知道你看得見……

《招魂．完》

番外・紅衣守護者

預產期前十四天，天氣陰，烏雲罩頂，惡鬼群聚。

女孩子站在廟門口，看著眼前空地狂沙紛飛，不悅的皺著眉頭；附近山頭盤踞越來越多的惡靈邪鬼，這些傢伙真是隨著時間逼近益加張狂，一步步靠近萬應宮了！

「阿蓮啊！站在外面做什麼！」婆婆在裡面喊著，「進來吃點心囉！」

「嗯。」小女孩應了聲，轉身走進屋裡。

他們家是宮廟，正廳就是神像廳，所以她直接走進偏廳；一踏進去，看的不是桌上的作業簿，或是甜湯，而是坐在角落裡，越來越模糊的男孩子。

能在萬應宮裡徘徊的，絕對不會是鬼。

「你快死掉了。」她走到男孩面前，「都快透明了。」

『我才不會死掉。』男孩悶悶的說。

「外面一堆鬼等著把你吃掉！」她嘟起嘴，「有我在他們是吃不到啦，但我看你自己都救不了自己。」

『我不會死掉！』男孩仰起頭，氣急敗壞的喊著。

哼！阿蓮撇過頭，坐到自己的位子上喝著甜湯。

外頭有車聲，不一會兒男人走了進來，撥去身上的塵土，「沙塵有夠多，外面聚集的惡鬼也太囂張了吧？」

「嘿呀，最近都害香客不敢來了，亂攻擊很糟糕！」婆婆走了出來，「昕宇，要不要吃點心？」

「才剛吃飽耶婆婆！」賀昕宇告饒著，「啊小美咧？怎麼沒看見她？」

「厚，你那個小美出來幹什麼？她乖乖待在房間就阿彌陀佛了啦！」婆婆呿了一聲，「不然你順便端一碗給她吃啦！」

賀昕宇失笑搖頭，「好，謝謝！」

他知道婆婆們嫌小美礙手礙腳，但是既然把小美硬叫到台南來養胎，就是為了保她平安，幫忙家裡事也是應該的！雖然萬應宮的婆婆們個個身強體壯，一人可抵十人用。

「阿蓮在寫功課啊！」他回頭看向小朋友，「不會的可以問舅舅喔！」

「嗯！」阿蓮點點頭，仰頭看著他，「舅舅，那個寶寶真的凶多吉少。」

喝！賀昕宇登時怔住，他瞪大眼睛看著阿蓮，預產期近在眼前，她未曾改口！從小美懷孕開始，她就這麼說了！

「有的玩笑不能開，不能因為妳是小孩子就——」

「我不開玩笑的。」阿蓮用著十歲的聲音，卻帶著三十歲般的眼神，「他越來越模糊了，萬應宮不會被惡鬼侵擾，所以他並不會被外力或是惡鬼吃掉，是他自己……或是小美的問題。」

對，阿蓮年紀雖然小，卻是萬應宮靈力最強的人，她不隨便開玩笑的！

賀昕宇一扭頭，立刻衝向廚房，先端過甜湯，再火速往後院去，直接奔進房間——床上坐著一個少婦，挺著大肚子，卻兩眼發光，小嘴開開的盯著電視看。

氣色紅潤，精神奕奕，看起來沒什麼問題啊！產檢也一直很正常！賀昕宇放慢了腳步，遲疑的把甜湯放在桌上。

「吃點心嚕。」他喚著。

愛妻根本沒在聽他說話，顧著看電視，專心的搞不好連他進來都不知道！到底在看什麼啊？賀昕宇轉過去看。

美食旅遊節目？高雄愛河？六合夜市？然後咧？「愛河喔？」他隨口一句。

「我們去好不好？」陳小美迸出這麼一句。

才要脫外套的賀昕宇愣了住，回頭，「嗄？」

「我們去愛河玩嘛！」她興奮的喊著，「唉呀，他踢了！你肚子裡的孩子要去的！」

「陳小美。」是在說什麼瘋話。

「快點啦，我現在就想去愛河！」她真的說風就是雨，人已經吃力下床，到衣櫃挑衣服了，「穿哪一件比較可愛呢？」

「喂！現在去什麼愛河？都快下雨了！」

「我要去，我現在就要去……唉！」她忽然扳著衣櫃門微彎身了，嚇得準爸爸緊張奔來，

「沒事沒事，他又踢了兩下，看！他也想去愛河。」

「不要把妳的意思推給還不會說話的嬰兒！」不，是還在肚子裡的！

「人家要去愛河啦！」挽住手，開始搖了。

「等妳生完，我帶妳去住三天兩夜都沒問題。」

「人家現在馬上就想去啦！」

「再不然明天吧？」

「你兒子想去啦！」

「我說……」

「好吧，我自己開車去。」

「陳小美！」

賀昕宇擰著眉，直視著前方，車子緩慢的前進，因為暴雨沖刷，雨刷根本來不及將水掃盡，能見度差到不行。

「嗯？」副駕駛座的女人伸了伸懶腰，「還沒到喔！」

「到個頭！」賀昕宇倏地轉過來瞪人，「明知道大雨特報，妳幹嘛非得要去愛河不可？」

「又不是我要去的！」陳小美無辜的嘟起嘴，比著自己大大的肚子，「是這小子要去的！」

「這小子？有沒有搞錯，他還沒出生就指揮東指揮西了啊！」賀昕宇可不吃這套，「再說了，妳又能跟妳兒子說話了？靈視嗎？妳這個連後座那個浮遊靈都看不見的傢伙，怎麼跟妳兒子聯繫？」

「浮遊靈？」陳小美一怔，趕緊回頭。「真的假的！」

「妳又看不見！」

嗚不要看我！我只是經過！後座是個可憐兮兮的瘦弱亡魂，他還戴著斗笠，用無辜的眼神看著賀昕宇。

「出去啦！是沒看見我們心情不好喔？」賀昕宇對後照鏡罵著，浮遊靈嗚咽的跑了出去。

陳小美還攀著椅背往後張望，輪流睜一隻眼閉一隻眼，還是看不見。「阿蓮還說體質會改變，說不定我懷孕後就能看見好兄弟，我看沒有啊！」

「妳少扯開話題，我跟妳說，等等一有別條路我就要進城了，我才不要開到高雄去！」賀昕宇義正詞嚴的說著，緊張的開著車，「雨根本是用倒的，一不小心我們就被撞了！」

「可是是寶寶想去高雄耶，他一定有用意的！」她轉回來坐直身子。

「妳怎麼知道他想去？」賀昕宇不耐煩的說著，明明連鬼都感應不到的人突然玩什麼心電感應？

「電視那時在播旅遊節目，播好多的景點，但是偏偏介紹到愛河時，他踢了我的肚子！」陳小美說得信誓旦旦，雙眼熠熠有光。

若不是天雨路滑，雨勢滂沱，後面有車不宜停下，賀昕宇覺得他早就把車子停下來掐住她的脖子說妳在跟我開玩笑嗎！！

「小孩子踢肚子是常有的事！而且預產期都快到了，他本來就會伸展手腳啊！」賀昕宇握著方向盤的手掐成白色，「天哪，我竟然真的載妳出來，我今天是吃錯什麼藥了！」

「才不是平常那種踢，是像打密碼一樣的，有節奏的踢著。」

了。

「陳小美！妳懂什麼密碼啊，妳現在跟我說他在打摩斯嗎？」賀昕宇覺得自己都快暴走了。

「母子密碼，我不想跟你解釋，但是這是我的孩子，他在我肚子裡，我就是知道他什麼時候餓什麼時候不舒服什麼時候想去愛河！」陳小美分貝也拉高了，哼的一聲轉過頭，「我要去愛河！」

賀昕宇忿忿的斜眼瞪她，冷靜……冷靜，現在不是生氣的時候，他必須把注意力都放在開車，現在只能隱約的看到前頭的車尾燈，大家速度都很慢，雨刷再快也不及傾盆大雨倒得快，眼前的擋風玻璃全是水流。

若不是這是山區路又不寬，他覺得應該立刻把車停下來才對！

唉，不該走省道的，該走高速公路，至少有路肩可以暫時停靠！

陳小美也在生悶氣，她撫著圓滾滾的肚皮，她知道孩子想要去愛河的，雖然不知道為什麼，但這是身為母親的直覺……應該、應該是吧？等等，她這輩子直覺有準過嗎？應該問她有直覺這種東西嗎？

會不會真的只是孩子平常的伸展而已？都是阿蓮啦，她一直讓她覺得可能可以幫上學長的忙，她很期待也能成為賀家的一份子啊，最最最基本也要看得到鬼吧，不然他們要驅鬼時她怎麼幫？

心裡隱約覺得怪怪的，但是她現在反而不敢吭氣了，要是真的搞錯也得撐下去啊，學長都在氣頭上了。

出門時是下了點「小」雨沒錯，可是又沒暴雨，嗚……

車子以時速不到十公里的速度往前，賀昕宇肩膀都覺得僵硬了，這樣開到高雄早會累死了？瞥了一眼凸起的肚皮，小夥子，不管你是不是真的要看愛河，老爸等會兒就是要進市區休息去！誰管你——

『嗚嗚——』

唰唰唰的影子從車窗外奔過，而且是兩邊的車窗，賀昕宇警戒的將天線當下豎起，沒有人會在大雨車陣中奔跑，更別說是這麼大批的人！

「坐直身子，不要靠窗。」賀昕宇聲音低了八度。

陳小美登時正襟危坐，她聽得懂這種音調跟氛圍，乖乖的直視前方，眼珠子悄悄的亂瞟著，有什麼在附近嗎？

一個接一個的鬼影掠過，那速度跟數量簡直像是在大逃難，賀昕宇刻意再放慢速度，反正後頭的車子誰也不敢按喇叭，這種路況他們只會當前面出了什麼事罷了。

龐大的亡者正在狂奔，大雨影響他的視線看不清楚，但是再怎樣都不可能是人類，看著影子或從車子縫隙鑽，或是跳上車子往前直奔，不管哪種方式，他們就是在逃難。

逃什麼？

啪！冷不防的駕駛窗外有雙手貼上了，賀昕宇驚異的往旁邊看去，那是雙慘白的手，從有幾根指頭只有白骨判斷，這不該是人。

下一秒，一張臉貼了上來，緊緊貼在玻璃窗上。

慘青色的臉，沒有頭髮，禿著的頭頂是凹下去的，有一大塊頭骨凹進自己的顱內，另外一邊的直接沒有頭骨，看樣子應是被削掉，加上變形的臉跟那塞不回去的眼珠子，他初步斷定可能是摔落山谷的亡者。

『走……快走啊！』亡者出聲，令人驚訝的是女人。『快點跑啊！』

賀昕宇只是冷冷的望著她，不懂這個亡者為什麼要停下來貼在他車窗上說這些，但是他沒有搞清楚對方意圖前，是會假裝他們不存在的！

『快走啊！』她突然激動起來，開始用那已經沒多少完整地方的頭顱往他車上撞，『就要來了，他就要來了！』

車子開始因亡者的襲擊而略動，賀昕宇抓緊方向盤，這傢伙現在就想看他們掛掉是嗎？這麼多車，為何偏偏挑他這車！

『他要孩子！他會把小孩子殺掉的！』女人張大的嘴吼著，雪白的眼球噗啾的擠壓在他的玻璃窗上。

「什麼！」這下子，他沒辦法再假裝了，「誰要孩子！」

『他啊——』女鬼像是鬆一口氣的笑了起來，彷彿在感謝賀昕宇答腔了，驚恐的往她的右手邊一指。

「怎麼了？」愛妻倒是被嚇到了，無緣無故他怎麼突然開口了，難道是在跟好兄弟說話嗎？

「坐穩。」他說著，大膽的踩了煞車。

所幸因為視線不佳，每個駕駛都保持超大的安全距離，加上時速慢，這樣的煞車並沒有造成多大的影響；他一煞，後面的車子也都跟著停住，賀昕宇從門下隙縫拿了把傘，看樣子準備出去。

「你要去哪裡？」

「妳乖乖待在這裡就是。」他對她說完，立刻轉向窗戶，「讓開，我可不想再扁你一次。」

亡者起身，賀昕宇並不怕這是陷阱，如果那個亡靈是試圖要讓他開門，藉機傷害小美或是孩子就太傻了——現在可是暴雨啊，哪裡沒有水？閉著眼睛就讓他生不如死……嗯，這成語用得太糟了，應該是死不如死，唉。

門開一小縫打傘鑽出車外，一站出去腳就濕了，雨點比豆大，砸在傘布上根本乒乓作響，水氣成了一片水霧，矇矓了視野。

一大堆亡者從他身邊掠過，像是死靈大軍的奔跑，他眼前就站著支離破碎的亡者，她顫抖著手指向遠方，讓賀昕宇跟著往左手邊看去……遠遠的山頭模模糊糊，什麼都瞧不清，但是那在空中四竄的黑色影子，可是讓人完全無法忽視！

『快逃啊！』亡靈嘶聲尖叫的，一轉身就往前跑了。

「學長？」陳小美緊張的喊著。

山在動搖，賀昕宇看著一大堆黑影在空中亂竄，看著亡者們奔相走告，仔細聽……靜下心摒除雜念，可以聽見山在鳴叫，不——是山魅！

電光石火間，他鑽進了車子裡，順手把滿是雨水的傘往後一扔，立刻按起喇叭，踩下油門！

叭——叭——陳小美蹙著眉在一旁看著，她認識的學長不會這樣急躁，更別說這種狀況下狂按喇叭根本沒有用！

「學長……冷靜點。」她伸出手握住他的手臂，「到底怎麼了？」

「山要崩了，山魅跟邪物要來了。」賀昕宇的確用冷靜的語氣跟她說，「新鮮的孩子會是他們的最愛……我想他們根本已經聞到了。」

陳小美瞪圓雙眼，想起阿蓮曾說過：這個孩子是萬應宮的孩子，具有力量的新生兒本來就很好吃，到哪兒都有邪物魔怪喜歡的呢。

「我不要！」她吼出聲，雙手抱著肚子，「誰都休想傷害我孩子！」

「所以我們要快點離開！」賀昕宇開始轉動方向盤，想從縫隙鑽，前頭的車子駕駛竟不爽的下車，手上還拿著傢伙，淋得一身濕也無所謂。

不等他來，賀昕宇自動壓下車窗。

「按三小啦！沒看到不能走喔！」那吼叫聲怒不可遏。

「山要崩了！」賀昕宇根本懶得跟他吵，就這樣一句，手指向後方。

大約有三秒的時間，世界彷彿只剩雨聲，三秒後那駕駛二話不說衝回車子，接著換他的車子傳來喇叭聲。

這樣似乎造成了混亂，但是賀昕宇是故意的，因為車子接二連三的加快了速度，大家都急著想要離開這裡……因為再過一小段路，就能遇到大條的省道，賀昕宇決定走寬廣的橋，先離開這個區域再說。

陳小美被這樣的情勢逼得有些緊張，什麼都看不見的她或許是幸福的，但是在這種時刻……她卻厭惡看不見，什麼都要用猜的，甚至不知道窗邊是不是就站著一個混帳正覬覦她肚子裡的孩子。

嗯？她顫了一下身子，感覺肚子裡的孩子似乎也隱隱不安。

「別擔心，沒事的。」賀昕宇伸長右手，握住她的左手，「有我在。」

陳小美緊抿著唇，一臉快哭的模樣，「都是我啦，我幹嘛一定要去愛河，其實是我看到電視很想去，我想跟你一起搭船，覺得好浪漫……」

賀昕宇未語，只是緊緊握著她的手，再因為要駕馭方向盤而鬆開，車陣已經動了，他們在一個T型路段時選擇了右轉，他記得再往前有座橋，過橋後就能通往市區，並不遠。

山何時會崩不知道，但是從亡者的逃竄看來，就快了！

唔……陳小美暗自皺眉，為什麼肚子好像又有點痛？她擰著眉用長髮遮掩，不想這時候讓賀昕宇擔心，感覺似乎有點在……收縮的樣子。

這時候陣痛嗎？孩子，別鬧，這是危急存亡之秋啊！

大橋眼看著就在眼前了，陳小美抹去窗上的霧氣瞧，原本喜悅的神色略微僵住，因為橋下犯大水，眼下根本連橋墩都快瞧不見了。

「好可怕，你看河水好湍急，都淹上橋面了！」她指著橋說。

「嗯……」賀昕宇無奈的笑笑。

是啊好可怕，河裡承載著無數的浮水屍靈，正拚了命的想藉由水波攀上橋面，它們佔據了整座橋，巴住橋墩，看樣子正努力的想要將橋弄垮，因為橋上有車有人，弄死幾個是幾個，總是有幸運的能搶到交替。

車子下坡，右轉，來到了橋面，橋上車子不多但也不算少，大家拉開距離，加以至少有雙線道還算寬敞，橋面上已經開始積水，一波接著一波像浪似的，眼看著大水只怕遲早將橋給淹沒。

「哇……」身邊的愛妻看奇景似的看著惡水，他卻戒慎恐懼的注意著爬上來的傢伙，看著河川的遠處……就是那座山啊！

轟——遠處傳來聲響，陳小美立即抬首望去，親眼看見山崩了一塊！

「咦咦——學長你看！山垮了！那個角整個掉下來了！」

「看見了。」他嚴肅擰眉，轉過方向盤換車道，必須立刻離開這座橋……咦？

車子突然震了一下，水屍跳上橋面，正在齊聲歡呼，難道是——說時遲那時快，五公尺的前方突地一陣水花濺起，橋面上浮，一台車直接沖飛起來！

「糟！」賀昕宇轉頭看著陳小美，「找東西抓緊！」

陳小美趕緊抓住上方的握把，看著橋面斷裂，中間一塊柏油被水沖得向上飛起，在其上的車子跟著騰空，然後重重摔下，再削下另一塊橋面，整台車頭向下沒入水裡。

成群的浮水屍靈跳上車子，拚命的將車子往水裡拖，進入水中後就是一場爭奪戰了，究竟是誰能抓到交替？這也就是入水的車子很難尋獲全屍的主因，根本會被四分五裂啊！

車子開始向前滑行，賀昕宇根本抓不住方向盤，後面的車跟著撞過來了。

「學姊！」賀昕宇大聲吼著，「有誰在嗎？」

一抹紅影倏而出現在車前，清秀的容貌在雨裡見不清，但只見她隻手抵住車子，順利的阻止車子的滑動，陳小美才開心的想要打招呼，後面滑來的車子卻直直撞上了他們。

砰——

「呀——」陳小美整個人往前差點撞上，賀昕宇早就探身過來護著。

車子劇烈震盪，更多的守護靈現身，不讓車子因衝力往水裡去。

『撐不了多久的。』聲音幽幽傳來，『山魅邪鬼都往這裡湧來了。』

賀昕宇深吸了口氣，先探視著妻子，「沒事吧？沒撞到吧？」

陳小美搖搖頭，有他護著怎麼會有事？只是……她的肚子有點痛，剛剛撞擊的瞬間，她覺得……不太對勁。

「那我出去一下，我如果叫妳出來，妳就得立刻出來知道嗎？」賀昕宇嚴正的交代著，拉開車門。

「你要去哪裡？」她緊張地拉住他。

「先把一些有的沒的傢伙解決掉。」他鬆開安全帶甩門而出，觸目所及果然全是亡靈，黑影代表的邪鬼飛快湧來。

「先用水築起結界吧。」賀昕宇挽起袖子，「順便來測試修煉的結果，剛好這裡一點都不缺水！」

身邊的車子往斷橋處滑動，人們尖叫逃竄，有的人跟著車子一起被衝了下去，有的人死命的往上跑，唯有賀昕宇這兒八風吹不動，穩穩的在斷口處四公尺停住，彷彿地心引力不影響他們。

賀昕宇拿出佛珠，手打結印，開始專心致志的唸著咒語，利用大自然的水吶……使水築結界，使水成封印，使水……毀去那惡意的亡靈吧！

河水突地上竄，彷彿有東西在河底爆炸似的，衝起的瞬間牆已築成，賀昕宇轉向左邊如法炮製，屋頂就用不止的滂沱大雨吧！

黑影疾速奔至，砰磅的撞上無形的牆，粗暴的低咒聲傳來，它們一一被彈飛開來；賀昕宇沒有停止，他運用修煉的靈力開始應付已經進來的邪鬼以及那些渴望抓交替的浮水屍，大雨就是最好的媒介，傳遞著他的力量，以水傷鬼。

砰！一個猙獰醜惡的傢伙倏地降落在車前蓋上，陳小美莫名其妙的這時候看得見了，與之四目相交，對方還貪婪的舔著舌，尖甲在自個兒的肚子比劃了一下。

「你去死吧！」陳小美怒氣沖沖，「休想動我的孩子！」

那邪鬼才揚手，眨眼間手就被硬生生扯斷，紅衣的女子冷冷一笑，動手擰斷了對方的頭，其餘守護靈一擁而上。

『關閉屋頂，否則會有更多的邪鬼進來。』紅衣女子說著，再往遠方眺去，『也只能撐到山魅下來，山魅一到連我們都撐不住。』

「瞭解。」賀昕宇傾注靈力關閉屋頂，即使雨一樣不停地下，但實則他們已經在以水築成的方城中，魍魎魑魅不得輕意進入——除了陳小美本身的守護靈外。

暫時告一段落，賀昕宇覺得有些虛弱，靈力短時間耗得太兇，況且這是他第一次使用這麼龐大的水……但是情況不容遲疑，他必須儘快把小美帶到安全的地方去。

「小美，我們得步行了，我知道妳行動很不方便……」他拉開車門，卻看見頭靠在前頭的陳小美，表情痛苦，「小美妳怎麼了？受傷了嗎？」

她搖搖頭，緊皺著眉轉向左邊，咬牙，「啊……好痛！」

「痛？怎麼了！」賀昕宇趕緊進車裡，「不是學姊他們都守著嗎？哪裡痛？肚子……肚子？」

他順著往下看，看見了妻子一雙腳的濕濡。

羊水破了。

「你……你就不能晚點報到嗎？你一定要挑這個時候嗎！」賀昕宇不可思議的對著肚子裡的孩子吼。

「你、你幹嘛吼他啦，吼他也沒用啊！」陳小美哀哀叫著，「啊……好痛喔！」

「陣痛不是一陣一陣的嗎？不痛的時候我們就走！」賀昕宇鬆開她的安全帶，「山崩了，土石流、山魅一到，我們就必死無疑了！」

「知、知道，不要嚇我！」她難受的抬起頭，死命撐著，「我會做好準備的。」

怎麼做準備？賀昕宇忍不住又瞪了她肚子一眼，選這個時候出來是怎樣？嫌他的人生不夠起伏嗎？光認識你媽就已經「多采多姿」了，連你要出生都搞這招？

離開車子，看著一掛守護靈跟拚命想衝破結界的邪鬼們，壓力無限大。

「學姊，妳得護著小美他們，沒有什麼比他們更重要。」他抹著臉上的雨水，誠懇的向紅衣女子行禮。

『這本來就是我的責任。』她幽幽說著，『不然你以為我為什麼要待在她身邊？』

過了幾分鐘，陳小美忽然精神抖擻的開門下車，這時候已經沒辦法打傘了，她拖著身子往反方向跑，賀昕宇上前攙住她，大家努力的往上走；此時紅衣女子咻的化成一道紅影，重重包圍住陳小美，做最強的抵禦。

守護靈離開了座車，車子開始往下滑行，他們沒有時間去觀看後面的景象，因為光是閃著拚命衝來的車子就已經夠艱辛了。

地在鳴叫，山魅惡鬼在嘶吼，所有的負面惡意排山倒海而來，賀昕宇感受得清楚，也有點喘不過氣……被新生兒吸引的亡靈惡鬼們蠢蠢欲動，這是有力量的孩子，每一代萬應宮的孩子出生時，都會在多重結界的保護下出生，絕不可能在這山林之間……最危險的地方！

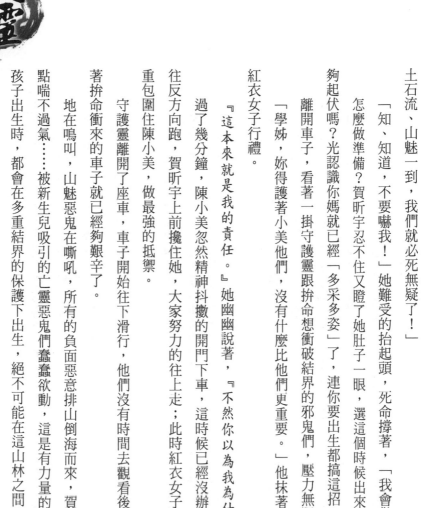

但是，他已經沒有力氣罵人了！

沒走幾步，陳小美忽然又吃疼的蹲下身子，緊攀著賀昕宇的手往下，但是她卻咬著牙再站起來，在大雨中想抗拒那椎心刺骨的痛。

「來，我抱妳！」說著，他打算橫抱起她。

「沒關係，我可以——啊——」突地一聲慘叫，陳小美整個人滑上了地，「好痛……好……」

「小美！」賀昕宇拚命撐起她的身體，她不能坐在地上啊，這水這麼髒，她現在……紅影倏地離開她的身邊，化作人形憂心忡忡的看著，賀昕宇也看到了，鮮紅的血自她的雙股間滑出，而且一點都不少！！

出血……她出血了。

『血——好香啊——』異界的歡呼聲此起彼落，在山裡迴盪著，『有力量的孩子要出生了，快吃掉！吃掉他！』

轟隆隆——巨響傳來，河川竟也波濤洶湧，他們是走到了斷橋較平穩的地方，但車陣撞得東倒西歪，現在躲進車子裡已經無濟於事了！

山崩了，山魅該來了，他的靈力能撐多久？這些守護靈也難以跟大自然拚鬥啊！

……陳小美抓著他的手臂發抖，痛得指甲嵌進他的臂肉裡，他可以感受到她有多疼，但是現在——賀昕宇緊緊的擁住她，他什麼都做不了！

『跑啊，抱著她跑，能跑多久是多久！』紅衣學姊高聲喊著，指向前方，『先跑進山裡……』

她沒說下去，因為橋的那頭，結界之外，曾幾何時也已經聚滿了垂涎三尺的惡鬼們，擦著流不盡的口水，急著要把陳小美的肚子撕開，將新生兒拆吃入腹。

沒有路了，眼看著大批土石跟山魔就要衝過來，什麼結界、這座橋，一切都要消失了。

陳小美什麼都還不清楚，她正為陣痛所苦，賀昕宇將她擁在懷中不讓她感受恐懼，至少在最後一刻，他能抱著最愛的女人跟孩子……讓他們免受恐懼之苦。

轟——巨響逼近，陳小美頓時也聽見了，她倏地顫動身子，急著要抬首，卻被賀昕宇壓住。

「學長那是……」

「沒事。」他溫柔的說著，「什麼事都沒有……」

「怎麼可能！地都在動了！」陳小美使勁扭頭向外，看著河水滔天，而他們的四面八方都是……滿滿的亡靈，「怎麼這麼多鬼——」

「……」賀昕宇緊皺著眉，「妳為什麼要挑這個時候看得見啊……」

她驚恐的看著驟然轉黑的天色，有什麼要過來了，她可以感受得到那股壓力，還有——

咦？

陳小美的視線轉移了些許角度，眨了眨眼，神情一下從恐懼變成了……一種愛心眼的狀態。

「哇喔……」她還有空笑，「好帥喔！」

「帥？」不管情況多麼危急，身為老公，絕對不能接受妻子在自己面前稱讚別的男人。賀昕宇不悅的立即回過頭，看向她視線的來源……啊啊，連他都不可思議的瞠目結舌，看著走在那雨裡、斷橋、車陣中的男孩。

三個男孩從遠處走來，腳步輕盈的彷彿走在水上，沒有一絲雨沾上他們的身體，雨水降到了他們身體的外圍三吋就彈開，乾爽宜人，帶著或親切或酷勁或俊美的笑容。

兩年前，他跟小美在奇萊山遇難時偶遇的男孩們！

當年他就覺得他們不是平常人，現在果然證實了一切！

「玄蒼。」有個男孩往左手邊的大量邪氣看去，「過來嚕。」

一個活潑的男孩旋過身，正面對著衝來的土石及惡意，「這邊倒下一些山，那邊倒下一些樹，往新的分流去好了。」

隨著他的聲音，一旁的山真的即刻崩落，壓倒群樹，頓時阻斷了橋下河川的流向，遠處的土石跟著改道，全然避開了這座橋。

「再來……」玄蒼轉過身，看著包圍著的惡鬼們，「小 BABY 這麼可愛，怎麼都喜歡吃呢？要吃，不如吃隔壁的吧？」

咦？賀昕宇一驚，趕緊看向外圍的惡鬼們，他們竟然二話不說就將身邊的亡者撕開裹腹，他趕緊把小美往懷裡揣，現在她看得見，還是別讓要臨盆的孕婦看這麼血腥的東西啊！

「很噁耶！叫他們到別的地方吧？」後頭的男孩不耐煩。

「那就到泥流裡吧，慢慢消化好了！」玄蒼笑了起來，眨眼間，所有的魍魎魑魅盡數消失。

賀昕宇冷靜的看著三個男孩，他沒記錯的話，總是笑著很愛吃泡麵的叫玄蒼，是強大的言靈，在奇萊山躲在山洞裡時，他為了泡麵給予他跟小美很多提示，除了要他找時間認真修煉水之力外，還治好了他摔斷的腿。

戴無邊眼鏡的叫星塵，力量不確定，但是似乎能洞悉許多事；另一個叫日冥，似乎能預知未來。

事隔兩年，三個如大學生的男孩並沒有改變容貌。

「嗨，一陣子不見了。」日冥蹲了下來。「那天說過的吧，很快會見面的。」

「你……早就預見到了？」賀昕宇狐疑。

陳小美輕推開賀昕宇，望著眼前的男孩，再看向老公，「學長你朋友喔？」

「嗯！」賀昕宇點點頭，奇萊山那夜過後，小美完全不記得有見過他們三個人，不知道是她體質使然，還是這三個學生動的手腳。

「孩子很會挑時間呢！」玄蒼笑著過來，「很痛嗎？」

「嗯……」陳小美點點頭，「超痛的，而且……我在流血。」

玄蒼遲疑了一下，回頭看向站在橋面看著河流的男孩，「星塵，狀況如何？」

「很不好。山裡負念很強，在這邊待越久對孩子越糟，你們速戰速決吧！」星塵說著，雙手一張，雨瞬時停止，而且不管是賀昕宇或是陳小美都感覺到一股暖流……

他們的衣服乾了！像是被光和煦的照耀著，一點濕冷也無。

「哇塞，這怎麼辦到的——啊！」她痛得再度抓住賀昕宇。

「快點叫救護車啊！」玄蒼說著。

「叫……他們怎麼過來啊！」賀昕宇搖著頭，「等他們過來就來不及了，小美在出血了！」

「沒錯，照這個狀況等救護車來母子都俱亡了。」日冥點點頭。

「母子……我才不要！」陳小美咬牙切齒的喊著，「我跟孩子都要活著，學長，你載我去醫院，快——呀——」

陣痛撕心裂肺，她才站起的身子又癱軟下去。

「好堅強喔！」玄蒼笑了起來，「急什麼？我們都在這兒了，有什麼好怕的？」

什麼？賀昕宇怔然，看著玄蒼的手輕輕撫在陳小美的肚子，他下意識的立刻緊緊抓握。

「做什麼？」他警戒地瞪著。

「放心，不會傷害她的。」日冥笑了起來，「而且我們真的要幹嘛，你也沒辦法！」

陳小美嚇得躲到賀昕宇懷裡，賀昕宇則是一副要吃人的模樣。

「日冥你這樣是在嚇人還是在幫人啊？」星塵走了過來，「我們在這裡相遇是天意，是這孩子的命運，放心好了，要對你們不利以前多的是機會。」

多的是機會？賀昕宇蹙眉，前後也就見過一次而已啊？

「我再不出手，孩子就沒救了。」玄蒼嘴角的笑容斂起，盯著被握住的手。

陳小美輕柔拉開賀昕宇的手，蒼白的臉色道盡了現況，對著丈夫點點頭，死馬當活馬醫吧，現在這種狀況，他們別無選擇。

賀昕宇環住陳小美，支撐她的身體，玄蒼輕輕的撫她的肚皮，星塵的手也貼了上來，三個男人都長得相當好看，各具特色各有其魅力，面容青春眼神卻不帶生澀，擁有相當大的落差。

「啊啊……求生意志很強呢小子。」星塵闔著雙眼輕笑著，「不想死啊……」

「沒事的，靜下來……一切都會沒事的。」玄蒼幽幽說著，聲音清揚悅耳，「出血量會減少，你別再掙扎，會給你足夠的氧氣。」

偎在賀昕宇懷裡的陳小美眼睫微顫，她吁了口氣，「沒有……那麼痛了。」

「叫救護車吧。」日冥鎖著賀昕宇，他點點頭，拿起手機打了119。

接著他站起身，依三個男生的指揮移動離開橋面，來到了馬路上，隨著他們的移動，雨就停到哪兒，馬路上的車子擠成一團，玄蒼沉吟數秒，一開口就把所有車子往身邊小徑旁的山谷裡扔下去了。

星塵睨著他，他聳肩，「總是要為救護車開路吧？」

賀昕宇找台小轎車坐上，懷裡抱著虛弱的愛妻，她人是醒著的，但看得出來相當不適，只用意志力支撐的身體與精神……當然，帥哥也是一種精神糧食。

「你們是鬼嗎？還是……神？」她一看見玄蒼他們就兩眼發光。

「呵……」玄蒼總是笑著，「不同法則下的生物，只是我們有幸鑽到了人界這兒來。」

「……」陳小美笑開了顏，呆呆的轉過來看著上方的老公，「他們在說什麼？」

「聽不懂？那妳笑得這麼開心幹嘛？」

「什麼啦！」她嘛起嘴。

「我也不是很懂，法則？」賀昕宇看向三個悠哉男孩，他們大而化之的又聳肩，不想再提這個話題。

「不管你們是什麼，都謝謝你們！」陳小美綻開笑容，「救了我跟寶寶。」

「這是這小子厲害，他不想死吶！」日冥彎腰盯著那肚子看，「這麼辛苦跑到這山裡找我們，也難為他了。」

咦？賀昕宇跟陳小美同時一愣，這是什麼意思？特地跑到山裡找他們？他們來到這裡、遇上這些事是——註定的。

「看這對新手爸媽痴呆的表情！」星塵搖了搖頭，「你們真的以為偶然到這裡來，我們偶然在下雨天經過這裡？」

「不……不是，是我看到電視在播愛河，就想來——」陳小美忽地頓住，然後啊了一聲，「啊！學長！真的是孩子想來！他不是隨便蹓的！」

「好好好——喂！」這女人一激動，差點滾下去，賀昕宇趕緊將她抱好，「妳動作可以不要這麼大嗎？準媽媽？」

「我就說，是他想來的！」陳小美簡直欣喜若狂，「當媽的怎麼可能不知道兒子對吧，哈哈哈哈！」

……真是值得高興啊，玄蒼他們三個面面相覷，心情還能這麼好，不錯不錯，樂觀是好事嘛！

「所以是小子刻意來找你們的？為什麼？」賀昕宇永遠注重切實面，未出世的孩子，何以會知道他們三位？

「我以為那個傲嬌的女孩子說過了？」星塵挑了眉。

「傲嬌？喔喔，阿蓮啊！超傲嬌到不行的啦！」陳小美接得也很順口，「她說很多啊……可是……」

賀昕宇知道，阿蓮說過，小美這胎凶多吉少。

他當然沒給小美知道，這也是為什麼強迫她在萬應宮養胎的原因了，多重結界與防護，以確保孩子安全……沒想到，他還是自己找了生路。

「所以阿蓮說的並非事實。」賀昕宇在意的是這個，「孩子活下來，是命定。」

「是。」日冥勾起神秘的笑顏，「原因你知道。」

「天譴之日來臨前，你們家族背負著重責大任，你們的孩子未來將親手葬送自己所愛的人們！」

日冥的聲音再度傳進賀昕宇的腦裡，是的，這是他曾對孩子做的預言。

為了葬送自己所愛的人，所以……賀昕宇看向陳小美的肚子，這孩子必須出生。

他突然有些沉重，因為這孩子有著比他或是哥哥更沉重的宿命。

「很可愛的孩子，水與火，控制自如。」星塵瞇著眼，彷彿看著肚子裡的寶寶。

水與火？這孩子擁有他跟哥哥的能力？

懷裡的人突然不再亂動了，低首看去，臂彎的女子呼吸規律的睡著，在星塵張開的結界之外依然是狂風驟雨，遠處的山幾乎崩塌一半，土石流毀掉了遠處的良田屋舍，甚至在他沒注意的時候，剛剛那座橋也已經不見了。

他目前所在地偏高，水暫時不會淹上來。

「放心，水不會淹到這裡來。」星塵忽地開口，「雨再兩小時就停了，那時你們已經平安了。」

讀心？賀昕宇瞇起眼。

「快到了。」玄蒼不知哪兒撿來的傘遞給賀昕宇，「撐著吧，我們一走雨就來了。」

他愣愣的接過，「救護車到了？怎麼這麼快？」

「難道要我們陪你一個小時嗎？」日冥吃驚的問著，「當然會盡快把他們弄來吧啊！」

咦？他們讓救護車提前到的？怎麼辦到的？縮短路程？移形換影？山路長得都很相近，加上雨這麼大視線不清，欸，真有能力要做到這點並不難！

「好了，該走了。」星塵催促著。

三個男孩竟往剛剛的斷橋走去，又是在水面上輕盈行走，他們一上橋，大雨立即降下，咚咚咚的打在傘布上，打橫著的陳小美的腿一下全濕了。

賀昕宇望著他們遠去的身影，隱隱約約泛著光。

「喂——」他突然扯開嗓子，「還會、還會再見面嗎？」

日冥轉過了身，對他劃起了微笑。

會。賀昕宇覺得他彷彿這樣說了。

然後，他聽見了救護車的聲音。

「超帥的我跟妳說，完全就是花美男，還有一點少年的青澀！」陳小美躺在擔架上，醫護人員根本是推著她在走廊上衝，「妳沒跟我們去真是太可惜了，說不定有妳喜歡的！」

跟在擔架旁的女孩子皺眉，「我才十歲。」

「啊，好帥啊……」陳小美眼裡泛著愛心，「我要是再年輕個——」

「陳小美！」賀昕宇忍無可忍了，「妳給我專心一點，都什麼時候了！」

「厚，人家要想一些好康的心情才會好嘛！」她還有理由，「不然好痛喔！」

「那想想我，妳老公我也是挺帥的！」賀昕宇搞半天就心裡不是滋味。

「哦～」陳小美嘿嘿嘿的賊笑起來，「你吃醋囉！你——啊！好痛！」

擔架進了手術室，護士帶著賀昕宇去消毒，他要陪著愛妻進去，陪同她生產。

小女孩嘆了口氣，坐在外頭的椅子上，過一會兒外公跟大舅舅才奔過來，順便帶了養樂多給她喝。

「阿蓮，應該還好吧？」外公憂心忡忡。

「沒事了啦！」阿蓮咕嚕嚕的一口氣喝完，「他自己找到救兵了。」

救兵？外公看向賀昕宇的哥哥，他搖搖頭，阿蓮的等級太高，他們很常聽不懂她在說什麼，也不懂她看到了什麼。

當嬰兒紮實的哭聲響起時，外頭的親人們開心的笑了起來。

門再度打開，推出來的陳小美居然已經呼呼大睡。

「睡著了？」賀正宇一臉錯愕，「還是昏迷？」

「都是，媽媽很累呢，淋了雨身體比較虛弱。」醫生跟在後頭，「放心好了，母子均安，孩子能活下來真是奇蹟。」

奇蹟……賀昕宇淺淺一笑，是啊，奇蹟。

醫生再簡單的交代一下狀況就離去了，賀昕宇脫下消毒衣，也要去陪伴愛妻，還得去看可愛的孩子。

「他好像註定要出生呢！」阿蓮牽著賀昕宇的手，有些困惑的說，「我以為他生不下來的……感覺有什麼非他不可的事。」

「呵，阿蓮很聰明，的確是有。」賀昕宇拉著阿蓮小手，往前走著。

「哦？他的宿命是什麼？」小小的女孩睜亮雙眼，很期待答案。

阿蓮不能未卜先知，所以她不知道孩子的命運。

「他的宿命就是平平安安健健康康的長大，當我跟小美的寶貝兒子。」賀昕宇輕笑起來。是啊，管他有什麼宿命，人降生在這個世界，就是好好的體驗人生，過著快樂平安的生活，那不就好了？

他希望，孩子能永遠快樂長大。

「名字取了嗎？」哥哥正宇笑問著。

「嗯，想好了。」賀昕宇拿出口袋裡揉成一團的紙，剛剛在救護車上寫的，打開給大家瞧瞧。

水與火，控制自如。

賀潶焱。

後記・重新出版

二〇〇六年四月底，我打趣的寫下人生第一個鬼故事，小美於焉誕生，二〇〇六年九月，「她」以便利書之姿出版了！

全系列一共六本，陸續的在便利商店上架，也深受大家的喜愛，一瞬間小美的白目深植人心（汗），接著在大家的支持與催促下，二〇〇九年五月，小美以25開本的正常書本大小再版了。

一轉眼，八年過去了，當年看小美的國中生現在都是大學生了（嗚……世事一如人生總是變化莫測，而小美系列也步入絕版，每天收到的信件、留言，粉絲專頁的私訊不斷，總是有很多新人舊人問著：小美呢？縛靈呢？是否會再版？

而今，二〇一四年，她就在大家的殷切盼望下重生了！

從這一刻起，小美已唾手可得！（羞）

整個小美系列對我而言永遠是個重要的存在，尤其是《縛靈》，因為她是我第一個嘗試書寫的鬼故事，也是讓我認識你們大家的起始。

感謝第一次購買《縛靈》的您，希望您會喜歡小美、學長，或是為愛執著的學姊，甚至我的故事；感謝二次購買《縛靈》的您，謝謝您的支持鼓勵，總是讓我心窩暖暖；感謝三度購買《縛靈》的您，對於您的「愛不釋手」，無疑是我強大的支柱，您們的愛是我寫作的力量泉源！

而《縛靈》重生的同時，也正式有了自己的手機遊戲，或許故事與《縛靈》有些許出入，但遊戲畢竟跟小說本就不會一模一樣，總是要適合遊戲進行才好玩嘛，但是看著小美跟學長有了3D模樣，各個角色活靈活現，還是有說不出的感動。

二〇一四，《縛靈》重新出版，手機遊戲正式上市，一切的一切，都是因為有你們。

二〇一四，愛您一世。

笭菁　稽首再拜

作者　等菁
封面設計　克里斯
內頁編排　三石設計
總編輯　莊宜勳
主編　鍾靈
編輯　黃郁潔

出版者　春天出版國際文化有限公司
地址　台北市大安區忠孝東路四段303號4樓之1
電話　02-7733-4070
傳真　02-7733-4069
E-mail　frank.spring@msa.hinet.net
網址　http://www.bookspring.com.tw
部落格　http://blog.pixnet.net/bookspring
郵政帳號　19705538
戶名　春天出版國際文化有限公司
法律顧問　蕭顯忠律師事務所
出版日期　二〇一四年二月初版
二〇二〇年十月初版七刷
特價　149元

總經銷　楨德圖書事業有限公司
地址　新北市新店區中興路二段196號8樓
電話　02-8919-3186
傳真　02-8914-5524

國家圖書館出版品預行編目資料

縛靈 / 等菁作.
-- 初版. -- 臺北市 : 春天出版國際, 2014.02
面； 公分
ISBN 978-986-5706-00-5(平裝)

857.7　　103000868

ISBN 978-986-5706-00-5
Printed in Taiwan